我在高鐵站

劉洪貞 著

高鐵站就是這樣，乘載著各式各樣的人生風景。
每天人來人往，有人上車有人下車，有人是
歡喜來接送，有人是心急如焚……
每個人都牽繫著悲歡離合的故
事，不管悲喜，每天都在這
兒，不斷地重複上演著。

父母的養育之恩難以回報

謹以此書獻給雙親

劉善平　先生

黃月雲　女士

感謝他們一生的愛和關懷

自序

流失的歲月，不變的情

劉洪貞

歲月忙中過，記得才把厚厚的日曆掛上，現在卻只剩幾張了。我告訴自己，必須把一年來發表在報刊雜誌的作品整理一下，好在新年度來臨時，給自己一份禮物。

都說生活即文章，所以我的文章都來自生活點滴，小人物的言談舉止，只要能讓人感動的，我都透過書寫，來分享給更多的讀者。

由於經常到市場採買，日子一久，就會認識一些攤商，也會直接間接地知道他們的故事。嬌小的〈肉粽嫂〉，外表看似柔弱，卻是堅強刻苦，在喪夫之後努力把家撐起來，讓一家老小平安度日。

而是末代老兵的〈鍋貼爺爺〉，雖無妻小，但慈悲為懷，每天在街角賣鍋貼，把辛苦賺來的錢，都捐給弱勢團體，多年來認養了好多沒血緣的孫子。難得的是這些孫子長大後，也學著他的善行回饋社會。

無獨有偶，曾經是八八風災受災户的小夫妻，雖以賣車輪餅維生，收入有限，卻能以人溺己溺的精神，發揮愛心幫助他人。

這些年，外子因行動不變，我無法勝任照護的工作，只好請了印尼移工來幫忙。不管是已工作期滿返國的威娜，或是現在這位DAWI，都是來自印尼偏鄉，生長在窮苦的家庭，必須離鄉背井來台灣工作，承擔著很大的經濟壓力。

或許她們的苦我感同身受，所以我盡量做到，以尊敬和感恩之心相待。她們也知道我對她們如同家人，因此不僅認真地做好份內工作，還會幫我省錢省事，讓我很感動。於是我在〈我家的CEO〉和〈她是賢內助〉及〈一張回條〉中，我道盡了我們相處的模式以及對她們的感恩。

因一直以來就喜歡塗鴉，也很幸運地經常有作品被刊出，因此很多讀者常問我：「妳投稿都不會被退稿喔？」「當然會呀！經常被退到自己都臉紅哪！」我回道。其實，一般投稿者被退稿是正常，除非你身分特殊，那就另當別論。

或許很多人都以為，稿子被退了就是寫得不夠好，其實並不盡然。我就遇過很多主編，在退我稿子時還附上回條，告訴我這篇寫得不錯，只是礙於他們的版面、字數的落差或版性的不符，所以必須退回。不過他們都很熱心，會建議我可以投給某家報社，或某個雜誌，因性質相符，錄用率會很高的。

就這樣，有很多次我就依他們的指示改投別報，結果屢試不爽，所以一直以來，我很〈感謝退我稿子的主編們〉，是他們仁慈提醒我，會有別的機會的、不要放棄、應該試試看。這才讓我的作品有更多的舞台可發表，才被肯定、被看到。

高鐵是台灣目前最快速的交通工具，它縮短了南北的距離，是多數旅人的選項。每次我有緣進入高鐵站時，不管是乘坐或是去接送親友，因心情的不同，即使是同樣的高鐵站，那種感受就很不一樣，於是有了〈我在高鐵站〉這篇作品。希望它能讓有到高鐵站的讀者們可以分享，體會一下當時的心境。

分享生活中溫馨良善的故事，一直是我的堅持，不管是過去的還是現在的，每一樁都離不開真情，它不受歲月的沖洗，永遠是你我身邊最珍貴的資產，值得我們珍惜傳承。即使那光很微弱，但是它還是會讓人看到希望的。

再次出書要感謝揚智文化公司總編輯閻富萍小姐的熱心協助，和小女麗萍提供的最新潮的封面設計，才讓小書順利出版。這些都是我這個作者永銘心懷的。

目錄

第二輯

目錄

第三輯

老媽的遺產 107

目錄

第四輯

第一輯

卡拉最OK

人情債

少不經事時，常聽父母說：「金錢債好還，人情債難償。」當時很納悶，心想同樣是債，為什麼會有好還和難償之分呢？

如今數十年過去了，經過歲月的歷練、無常的人生、跌跌撞撞的起伏，以及生活悲喜中的人情冷暖，我終於慢慢地懂了。

這幾天，好友阿嬌的父親過世，她要回南部奔喪。原本她在餐館的洗碗工作，一時之間找不到人代替，她希望我能幫忙。

為了不讓老闆因她有事，而暫停營業，我當然非常樂意去協助。因為相識多年來，我欠了她很多人情，我一直苦無機會回報。如今機會來了，我還求之不得呢！我要她放心，我會盡力地做好這份工作。

記得二十多年前，我們在菜市場一起擺攤。由於我們同年齡，又來自南部貧窮的客家村，有共同的文化和語言，所以聊起來特別投緣，相處久了就成為好朋友。

她六歲喪母，底下還有弟妹，父親在不得已的情況下續絃。繼母來了之後，又連續生了兩個兒子。家裏孩子多，父母又要忙農事，因此身為老大的她，只好幫忙照顧弟妹。念小學時為了要念書，她每天背著弟弟去上學。

她的小學生涯就是在邊照顧弟妹、邊讀書下完成的。儘管如此，她成績卻很優秀，是第一名畢業，只可惜沒有繼續升學。

十八歲那年，她進入了加工區當女工，之後認識了同樣來自農村的另一半。婚後夫妻胼手胝足努力工作，生了兩個兒子，還貸款買了房子。然而好景不長，婚後第五年，她的另一半因重病過世，還留下一筆債。

為了還債，她把房子賣了，孩子交給婆婆顧，自己選擇到醫院當看護，工作很辛苦，但是工資高。

在醫院，她接了一個一天多兩百元工資、脾氣暴躁、對看護不友善、沒人要接的阿伯。或許是環境所逼，她的容忍度超強，自從她接手這位阿伯的護理工作後，阿伯變得溫和多了，身體也慢慢恢復健康。

阿伯的家人為了感謝她，就以醫院看護的價錢，把她請回家幫忙。她工作十年後存了一些錢，想要在郊區買房，把兒子接來一起住。阿伯為了留住她，就把附近一間老房子，以低價賣給她。

阿伯過世後，她不再當看護，改去市場做小生意，才和我認識的。或許是我們有緣，她很信任我。在我每次買房子或孩子們出國念書時，她怕我手頭緊又不敢開口，經常會暗助我。每次看到她拿著用橡皮筋綁的、皺皺的鈔票，我都感動得落淚。我知道這些皺摺中藏著她生活的艱辛，沾著她滿滿的汗水，我怎能忍心動用呢？

這些年外子經常進出醫院，每一回她都人到禮到、待我如親人。每當想起她對我的好，我就希望有一天，我有回報的機會。

五年前阿伯的兒子因對餐飲很有興趣，就開了一間小餐館。餐館的工作繁重，需要請個助手。阿嬌知道後馬上停下自己的工作去協助，畢竟阿伯對她們母子有再造之恩。

真沒想到世事多變，或許是機緣到了。那幾天我才有機會去幫她代班。有人說：「人情大過天，那種無所求的情義，是金錢難衡量的，所以才難償。」如今我懂了。儘管如此，我相信只要永懷感恩之心，有機會就一點一滴地去償還，即使一時之間還不了也無妨，只要肯繼續。

111.8《警友雜誌》

他們與機車

我們是戰後出生的一群山友，因生長在萬物缺乏的年代，所以即使今天收入增加了，但是我們只要擁有一輛機車都覺得很滿足。

那天聊起過往時，聽強哥說四十多年前，他從臺北師專畢業後，被分派到臺北市仁愛國小任職。來自南部農村的他，為了節省開支，就跟哥哥在三重租了間便宜的套房。

在交通不便的年代，他每天從三重騎腳踏車到仁愛國小上課，下班後又到師大夜間部進修。由於每天要花很多時間在交通上，同事們體諒他，紛紛掏出三百五百來借他，希望他能買部機車來代步。

當時一輛「偉士牌」的機車是五萬元。他想到自己一個月的薪資才七千多，大部分要寄給父母，只留下少許的生活費，怕還不起，所以拒絕了大家的好意。

校長知道此事後，以自己的名義幫他起了一個兩千元一個月的互助會，一共二十五個人，剛好五萬元。就這樣他有了機車，這是他人生第一次擁有這麼貴重的財產，那興奮之情難以想像。

然而好景不常，車子才買了一個星期，就在郵局門口被偷了。那種從有到無的無助，讓他雙腳發軟、欲哭無淚。他不知道怎麼辦，欠了會錢，車子又沒了。他已忘了當時是如何爬去報案的，只記得當時信義路派出所（今安和路派出所）的員警看他語無倫次、一身狼狽的樣子，不斷地拍他肩膀安慰他。

日子一天天過去，他的希望卻越來越渺茫。沒想到就在他已絕望的第八天，車子找到了。當天他為了感謝員警們的辛勞，把身上僅有的一百多元，買了一些橘子衝進派出所。心急下不僅撞裂了門，橘子還掉滿地，那尷尬的情景令他終生難忘。失而復得的車子，他把它當寶照顧，一直騎到退休，才讓它功成身退。

無獨有偶，張哥的那輛藍色125老野狼的故事，也不遑多讓。那是他姊姊把在跨年晚會抽中的獎品送給他的。沒多久愛賭的爸爸為了賭金，趁他不在家時把車當掉了，他不知情還去警局報遺失。有天他忽然看到當單，氣得好長一段時間都把爸爸當空氣。

有一年他姊夫發生意外，需要一筆龐大的醫藥費。在沒有健保的年代，保證金沒繳醫院是不受理的。他只好騎著機車四處籌錢，卻一次次地失望。就在一個十字路口的轉角，他看到大大的「當」字，就那個字讓他知道該怎麼做了。

為了能當到好價錢，他把機車騎在路邊水溝旁，脫下襪子當抹布，幫野狼打理門面。在擦洗的過程中，他不斷地告訴它：先委屈一陣子，去住當店，自己會盡快接它回家的。

機車當了兩千元，一時解決了醫療費。但三個月後，當店來電告知，三個月的契約已到，若不贖回就要當流當品了。他聲淚俱下只差沒跪在地上，不斷地叩頭要求老闆，再多給他一點點時間來贖，因為這輛車對他很重要。

就在兩百多天後，他含淚地接野狼回家，從此成了生命共同體。他每天騎著被他打扮得光鮮亮麗的野狼，上山下海談業務，也談出一片好願景，讓張哥的事業蒸蒸日上，奠定了他日後的經濟基礎。

機車因便宜又耐用，是很多人生活的依靠。機車瀑布的盛況，也登上外國媒體，為臺灣贏來機車王國的美譽。雖然每輛機車因主人的不同，而有不同的際遇，但是機車為機車族所帶來的便利，卻是有目共睹的，對吧！

110.5《警友雜誌》

卡拉最OK

午後的陽光暖暖的，牽著樓下阿嬸的白色小貴賓去公園走走。走著走著隱約地聽到一陣陣的歌聲傳來。有唱臺語的、有唱客家的、有唱國語的，還有唱日本歌的。

懷著好奇心去尋找歌聲。發現公園門口的榕樹下，停了一輛藍色小發財車，車上裝有卡拉OK伴唱機。車旁有好多位坐輪椅、由看護陪伴的阿公阿嬤，正引頸企盼能好好地高歌一曲。大家想唱什麼歌說出歌名，年輕的老闆馬上幫忙點唱，一首歌十塊錢，大家輪流唱。

就這樣，這些長輩們個個眉開眼笑，拿起麥克風開心地唱著。有人唱到一半停了下來說：「糟糕！忘詞了。」有人唱了兩句後說：「音太高了！拉不起來耶！怎麼辦？」有個阿伯唱「雙人枕頭」，唱了一段後，忽然唉的一聲說：「枕頭掉到床底下了！」

雖然整個過程都狀況百出，逗得大家哈哈大笑，但是想想這些長輩行動不便，難得有機會出來相聚，讓他們一展歌喉，抒發心情開懷大笑，這對他們來說，比吃什麼好吃的都要歡喜，至於唱得好不好，就不重要了。畢竟他們不是專業的，年紀又大了，願意開口唱就值得掌聲鼓勵了，不是嗎？

110.3.30《聯合報》

回報

又看到張媽媽用她特製的台車，推著鹿比到公園散步。鹿比是大型的黃金公獵犬，一臉溫和、兩耳下垂，挺直的尾巴上總是飄逸著金黃色的長毛，非常優美討喜。

牠是十一年前的寒夜，病倒在張家門口的流浪犬。當時沒有養寵物經驗的張家夫婦，因看牠奄奄一息不忍心，只好把牠送進動物醫院療養幾天，從此牠成了張家的一分子。

為了讓鹿比走出户外，一向只窩在家裏看電視的張家夫婦，開始早晚陪著牠四處走動。帶牠到公園練撿球的跑步、跳躍欄杆，或陪其他小狗翻滾玩耍。

由於牠跳躍的姿勢，弧線有剛中帶柔之美，每次都獲得愛狗人士很多掌聲，這讓張家夫婦很有成就感。最難得的是，幾年前張伯伯臥病在床，鹿比就守在床前。牠經常趴在床上，用前腳撐著他的後背，再抓毛巾墊著，就像張媽媽幫張伯伯翻身一樣。牠彷佛很懂時間，每兩小時就翻一次，左邊翻好換右邊，這讓張媽媽感動落淚。牠除了幫張伯伯翻身，還會幫張伯伯按摩雙腳，直到他離世。

約一年多前，鹿比不再健步如飛，牠一身的金色長毛，不再在公園飛揚，走一小段路就腳軟。張媽媽知道牠年紀大了，體力大不如前，就訂做了一台可以推動的平台車，早晚推牠出來活動。

每次看牠在路人的加油聲中緩步行走，張媽媽會趁勢捏捏牠的脖子，牠就繼續，直到抬不起腳才會坐下來休息。

每天牠就這樣走走停停練腳力，每一回只要張媽媽雙手扶起牠的臉，牠會有祈求的眼神，此時張媽媽會低下頭，用眉間和牠的眉間磨蹭，然後再在牠的左臉親啄一下，讓牠靦腆得嘴角上揚。一場無微不至、默契十足的互動，讓年邁的鹿比高興地跳上車回家。

張媽媽不只一次地說過，是鹿比的貼心和溫暖，才讓張伯伯的晚年如此快樂。如今牠老了，她希望自己也能陪伴牠安享晚年。

111.3.21《人間福報》

她是賢內助

自從家裏來了看護之後，鄰居常問我，家裏多了一個外人，會不會覺得怪怪的。我總是答：家裏多個人分憂解勞，我高興都來不及哪！

威娜來自印尼，有沉重的經濟壓力。或許是她有不堪的遭遇，才能體會賺錢的艱辛，所以不僅自己省吃儉用，也常在有意無意中幫我省下很多開銷。過去我對買日用品沒有什麼概念，不太會比價，只覺得方便就好，能讓我省下時間才重要，多個三五塊錢無妨；但是她不同，她認為這邊差幾塊，那邊差幾塊，累積起來會變很多的，所以要計較。

前陣子，外子的腳指頭有傷口，每天早晚要換藥，一次需要用掉好幾支粗的棉花棒，我要她去住家附近的藥妝店買。她說：「不行！這家一支十塊，再走過去那家才五塊，我去那邊買。」我告訴她，天氣熱，就在附近買吧！她表示能省錢最好。

這陣子疫情嚴峻出門不便，她就利用家裏現成食材，蒸出香噴噴的饅頭，解決了早餐；還利用親戚送的黃豆、綠豆，孵豆芽、煮豆漿；也把家裏一些剩料，煮成大鍋菜，讓我能在非常時期，還能享有豐盛的餐點，滿足了食慾，還省下許多銀子。每一回外子要看病或回診，我要她搭計程車，省得推輪椅很辛苦。她都表示推一下下就到了，不用搭車。

她就是這樣，不僅很盡職地把外子照顧好，讓我無後顧之憂，還經常為了幫我省幾塊錢，多走很多路，熱得滿身大汗，讓我看了都心疼。我很感謝她，來到我家之後，幫了我很多的忙，是我的好幫手，也是難得的賢內助。

110.10.1《聯合報》

好妹妹

在倫理日漸式微的今天，在日常裏只要看到手足間真誠相助的景象，我都會很感動。或許有人會說：「那是應該的，手足本來就該互相幫助的。」但是認真想想，手足間爭錢奪利的何其多，能夠慷慨解囊又有幾人？尤其是出自低收入者，那就更難得了。

又是月底了，個子嬌小、在市場擺攤賣大蒜、麵線、薑、花生糖的小可，又用機車載著大包小包的日用品，往往在六張犁山邊的哥哥家送。

小可的嫂嫂是殘障人士，雖然長相秀麗，卻因小兒痲痺，造成雙腳不良於行，需要依附拐杖協助才能行動。她和哥哥是同學，在一次救國團健行中認識，哥哥被她雙腳不便還敢參加活動的勇氣感動。他當下許下承諾，有朝一日大家成人時，假如她願意，他希望照顧她、陪她一輩子。

就這樣，當哥哥服完兵役後，就把嫂嫂娶進門。當時雖然遇到不少的反對聲浪，但是哥哥不忘初心，意志堅決非她不娶。父母即使知道這段婚姻會走得很辛苦，因為家裏沒有什麼能力幫助他們，然而看在兩個年輕人相愛的份上，也不好說什麼，只好一路支持，盡力地幫忙。

婚後嫂嫂在三年內連生兩胎共三個兒子，第二胎是雙胞胎。嫂嫂行動不便，要照顧三個小男生談何容易，做父母的只好從旁協助。幫忙帶小孩、幫忙料理三餐，只希望一家和樂，孩子順利成長。而哥哥的薪水原本不高，要養活一家七口真是捉襟見肘。所以小可高職畢業後，就去當會計，努力幫忙養家。

由於嫂嫂有先天性的罕見疾病，雖然花了不少醫藥費，仍然不敵病魔，在孩子還很小時就過世了，小可的父母只好接下扶養三個孩子的重任。從此哥哥沒有再婚。

小可婚後，有了兩個孩子時，她的另一半因外遇，而結束了婚姻。小可為了照顧幼兒，辭去原本的會計工作，選擇在菜市場做生意。因為菜市場的生意成本不高，是在她能力範圍之內。

她覺得不用高成本，而且流量大，每天有現金收入，賣了再進貨，是很好的小資生意。最最重要的是，這邊工作自由，沒有什麼硬性規定，愛幾點來就幾點來，這情形很適合要帶孩子又要賺錢養家的單親小可。小可一直很努力工作，假日人多時，她都早出晚歸，希望能多賺點錢來貼補家用。因為每天有收入，加上菜市場買東西方便，所以她三不五時就買一些吃的、用的送去大哥家。

她知道哥哥有經濟壓力，所以逢年過節，給父母的紅包各三萬，她希望透過父母，來暗助哥哥，只希望能用自己微薄之力，替哥哥分擔一些。

這些年父母相繼過世，哥哥的孩子還在就讀大學，哥哥的手頭有時難免會緊些。而貼心的小可現在換個方式來協助哥哥。逢年過節給哥哥紅包時都說：「要過節了，麻煩您去買些供品來祭拜阿爸、阿母！辛苦您了。」

每一回她哥哥不是說「自己有」，就是說「不需要用這麼多」。此時小可都會說：「多買一些無妨，孩子在成長期，營養不可少，錢不能省的。」她一直會用這個方式來讓哥哥安心。她就是這樣，為了不讓哥哥為難，總是用心良苦地，以各種藉口來協助。

認識小可好多年了，她善良、簡樸、孝順，自己省吃儉用，但對父母、哥哥、姪兒卻是大方貼心，真的是難得的好妹妹。

109.4《警友雜誌》

老人囝仔性

或許是身邊的親友，大都是八、九十歲，甚至是近百歲了，和他們相處久了，慢慢發現他們的可愛，所以只要有機會接近老人，我都會很開心。

每天傍晚時分，到公園運動，會發現大涼亭下，有一些移工，推著坐輪椅的阿公阿嬤，在這兒乘涼聊天。由於公園樹蔭遮天，涼風輕拂舒適，阿公阿嬤就閉上眼睛休息。

每一回只要已八十好幾的陳姐，有陪著她百歲的婆婆，一起到公園時，她都會來個帶動唱或玩接龍，就是要長輩能動動手、張張口，不要一直打瞌睡。有一回他們在玩報數，陳姐喊1時，兩個阿嬤就接著喊8和18，此時陳姐笑著問阿嬤：「您怎麼喊18呢？」結果阿嬤笑瞇瞇地回答：「我今年18歲呀！」她說完，旁邊一個阿公用手指畫著右臉頰說：「羞羞臉！那麼老了。」

他們就是這樣，忘記很多事，偶爾想起一些陳年往事時，會說得很開心、很大聲。有時說著說著就哭了，還吵著要找媽媽。

貼心的陳姐每次來，都會帶些小點心，分享給這些長輩。和他們玩遊戲時，要他們踴躍舉手回答問題，答對了就有小點心。有些長輩看著別人舉手，會嚷著「我也要」，於是囁囁嚅嚅地抬起手，然後左看右看，好像很怕別人看到似的。這遊戲不管答對與否，陳姐都稱讚他們好棒，通通有獎。

長輩們拿了小點心。都會非常開心。有的人一拿到手就往嘴裏送，有的人拿在手上看了看，捨不得吃就放入口袋，還說要拿回家給媽媽吃。那純真可愛的模樣，就像個孩子。

臺語常說「老人囝仔性」就是這樣，因老化影響大腦運作，有時會因喪失記性，一切停留在孩童時代，所以會造成任性或脫序行為，這些是難免且不可逆的現象，需要晚輩們去學習和面對。相信只要多和他們相處，多給予協助，他們的晚年同樣會很快樂。

110.8.1《人間福報》

肉粽嫂

每年清明節一過，肉粽嫂就要開始準備一些端午節包粽子的配料，不管是粽葉、香菇、金鉤蝦、花生、紅蔥頭……只要想到的就預備好，免得到時候缺這個少那個。

提起肉粽嫂，認識她的人都佩服，一個嬌小瘦弱的女子，怎麼會有如此堅強的生命力，去撐起一個搖搖欲墜的家。結婚八年生了兩個兒子之後，先生和公公在三年內陸續離世，留下她們母子和走路不便的婆婆，及一雙念國中的小姑。

為了撐起這個家，沒有任何技能的她，收起眼淚開始謀生。先是擺攤賣菜，但是她沒有車子，貨物一切托運。每天扣除車資及攤位成本的開銷，就所剩無幾。幾經改變，最後選擇自己包肉粽來賣。

每天她把配料準備好後，婆媳分工合作，洗葉子、爆香料、滷肉塊，然後把粽子包好。清晨兩點起床蒸粽子，本來一開始是用煮的，把包好的粽子放入大鍋加水後煮熟；後來發現用煮的，米粒的軟爛不好控制，為了有好的口感，就改用蒸的。雖然用蒸的還需經過泡米手續，但是她們認為只要好吃就值。

一開始年輕有體力的她，天一亮就用腳踏車，載一大桶熱騰騰的粽子，到不同的運動公園去賣，然後再去菜市場擺攤。為了增加收入，傍晚時又到黃昏市場賣一趟。

有一年深冬清晨，她到公園的途中，被酒駕者撞斷了腿，於是休息了半年養傷。偏偏屋漏偏逢連夜雨，在她們沒收入的艱困時刻，有個自助會的會頭，捲走她們該得的三十多萬元會款。

這個打擊讓她們婆媳再度掉入深淵，幸好又再爬起來。婆媳同樣挺起腰桿，利用一顆顆的粽子撫平創傷，度過生活的低潮。

由於一路走來，婆媳胼手胝足，並樂觀以對，日子在忙中過。當年的孩子長大了，小姑們也很爭氣，都考上國考。

生活安定後，婆媳倆減少工作量，每天只到附近菜市場賣一攤。如今婆婆年紀大了，肉粽嫂希望多陪陪她，已不再做生意了。端午節時，因經不住老主顧的要求，只好包幾串粽子，讓大家滿足一下口慾。

110.6.23《中華日報》

我家的CEO

那天看了12月26日畢珍麗小姐的〈總司令〉後，我忍不住把大意說給我家被我暱稱為「CEO」的印尼移工威娜聽，結果她靦腆地笑了。或許她覺得自己的口頭禪和文中的阿蒂一樣「這樣對爺爺好！」。

過去威娜一直在南部工作。一年前，她所照顧的姊姊走了，仲介就派她來照顧外子。

她到了我家，發現外子愛躺著不想動，就三番兩次地要他起來走動，她用輪椅推他到樓下公園散步。有時候他鬧情緒，她就裝可憐說：「爺爺！您不起來，我沒事做，老闆娘就不用我了，我要養小孩……嗚！嗚！」每次外子看她可憐，就說：「好啦！我只走一下下喔！」

就這樣，她每天連哄帶騙的，早上下午都嚴格執行，讓他吃力地爬樓梯。有時我看了心疼，會說：「下午休息吧！」這時她就那句：「這樣對爺爺好！」這讓我無言。

這陣子每天都下雨，要出門很不方便，威娜就改變方式，讓他就在家裏走動。她騙說東西找不到，請爺爺幫忙，她知道爺爺聰明，一定會找到的。外子聽了一開心，連忙起身，這邊翻翻那邊看看。

訓練他願意離開床鋪外，她也訓練他配合洗澡和穿紙尿褲。每次他推說昨天已洗過時，威娜會拿出外子喜歡的衣服說：「爺爺！我們洗好澡就穿這件，一定很帥的。」外子一高興馬上去洗澡。

每次外出時，如廁很不方便，於是威娜鼓勵他穿紙尿褲，他抵死不從。威娜只好把紙尿褲套在他平時穿的內褲裏，讓他在不知不覺中穿上。幾次後他終於願意接受。

家有老人難免狀況百出，有些事礙於親情，會因不忍而使不上力。這讓沒有血緣的人來做，反倒覺得自在方便。

自從她來我家之後，對外子用心照顧，讓他反覆無常的日子日漸平穩，我衷心感激。目睹她的耐心和耐煩，比起我這個枕邊人有過之而無不及，所以我放心地把一切交給她。因為我深信她所做的一切都是「這樣對爺爺好！」

110.1.27《聯合報》

阿嬤請客

在菜市場做生意，常會遇上一些有趣的事。那天看到隔壁攤賣玉米的大嬸攤前，有個八九歲、個子矮小的男孩在來回踱步。他一會兒抬頭看包著頭巾的阿嬤，一會兒走開幾步後又回來，一副欲言又止的樣子。

最後他囁囁嚅嚅地問：「阿嬤！一根玉米多少錢？」阿嬤用不太輪轉的國語回答：二十元。他頓了幾秒後，又小聲地問：「我只有十塊，可不可以買半根？給我阿公吃。」

我聽到了就問他：「你阿公喜歡吃玉米喔？」他露出少了上門牙的小嘴，笑著猛點頭。我連忙請阿嬤挑五根較軟質的玉米交給他，並告訴他這是阿嬤請的，趕快拿回家給阿公吃吧。

他提著玉米遲疑地站著，我再一次示意他，他才邊走邊回頭說謝謝。

當我把一百元交給阿嬤時，原本就重聽又不太會聽國語的她，別過頭來問我：「伊講啥米？我聽無。」我騙她，「那是我鄰居的孫子，來買玉米給阿公吃啦。」

她聽了頻頻點頭表示，「原來是安呢，阮聽無半句。」之後我們兩個對看，忍不住地笑了起來。

111.7.6《青年日報》

做健康的啦！

一直很喜歡傳統市場的熱鬧趣味氛圍，在這兒不僅可以享受購物的樂趣，也可以看盡人間百態。

每隔一段時間，市場的尾端就會出現兩個已經八十多歲的阿伯。兩個人長得一模一樣，高高瘦瘦，理著光頭，臉色紅潤，動作俐落，手上長滿了厚繭。他們頭戴斗笠，穿著白色汗衫，配著黑色加長到膝蓋的四角褲，還有藍白拖，一副鄉土模樣。

他們賣一些自己種的農產品，有芭蕉、野菜、竹筍、冬瓜、玉米、南瓜、絲瓜、木瓜、芭樂、柚子……每一種雖然量不多，但是很新鮮，而且不同季節就有不同的菜色。

聽說他們是雙胞胎，生長在木柵的山上，家裏是務農的，有些田地，以前專種些茶葉和香蕉、柳丁。父母離世後，就沒有後輩願意接班，讓田地荒廢了好些年。

十多年前他們兄弟相繼退休之後，多了很多時間，感覺無聊，於是相約回山上住，把父母留下的田地傳承種作。這樣既可以懷念父母，又可以勞動筋骨，真是一舉兩得。

他們開始整地種菜，因沒有壓力也不趕時間，累了就喝茶聊天，兄弟倆過著神仙般的優閒生活。山上住膩了，就回到市區住幾天，反正兒女已各自成家，老伴又先走了，一個人生活可以很自由、很隨興。

當蔬果成熟時，吃不完的就把它摘好整理後，用車齡已三十多的「老野狼」載來市場賣。他們覺得來菜市場可以和大家搏感情，交交朋友是有趣的。因為不是為賺錢而來，所以不需要秤子來計較斤兩，自己種的就俗俗地賣，多出來的就用送的，反正不用本錢的，只要大家買得開心歡喜就好。

由於他們樂觀豁達，親切和善，賣東西很隨意，談吐又很幽默，遇上年紀相當的叔伯們都以兄弟相稱。國臺語交叉著談政治上的五四三、談生活中的柴米油鹽，以及和子孫們的相處歡樂。所以每次來擺攤，都會聚集一些志同道合的朋友來聊天，他們的攤子永遠笑聲不斷。

婆婆媽媽們很喜歡買他們的蔬果，不僅有買有送，而且鮮嫩好吃。買熟了總會提醒兄弟倆不用那麼認真啦！年紀大了就要看開一點，以後是帶不走的。每一回兄弟倆聽了，都會呵呵地笑著回答：我們是做健康的啦！

可不是嗎？因為有工作做、有目標，所以生活規律、身心健康。另外，兩兄弟已七老八十了，還可以同住一屋簷下，享受親情的滋潤，與手足共度晨昏，那樣的幸福和快樂，何嘗不是健康的泉源，所以他們說是做健康的，一點都不為過。更何況能種出受歡迎的作物，對他們來說也是一種成就哩！

在市場就是這樣，那怕是個小攤子，也能帶來歡樂和啓示。讓我知道一個人即使老了，也要把每一天過好，那才是最棒的。

110.9.6《人間福報》

眾人的女兒

好久沒看到「小可愛」了，那天到市場買菜，剛好看到她在幫媽媽整理剛批回來的菜。趁著客人還沒來，我和她聊了幾句。

「畢業後有打算繼續深造嗎？」我問。「有。」她肯定地回答後繼續說：「本來想到國外學些新的東西，但怕媽媽太累，現在只好加強英文，利用網路，來上美國名校教授開的課，這樣可節省許多財力和精力。」我點頭稱好。

接著我把話題轉回生活瑣事，問她：「妳們清華應該男多於女吧？」她笑著點點頭。我再問：「在萬綠叢中的幾點紅，應該備受寵愛吧？」她臉上立刻飛出兩朵紅韻，靦腆地表示「送早餐、在圖書館幫留位置或請吃消夜的是有啦！」

認識「小可愛」好多年了，那年我在菜市場擺攤時，看到她的媽媽因未婚生她，被家人趕出門而流浪街頭。有位賣菜的大嬸看到了很同情她們母女，就每天多批兩箱菜或水果，讓她媽媽背著她蹲在角落賣。每次看到天氣熱時，她在媽媽背上不斷地掙扎哭鬧，在隔壁攤的我，會把她抱下來安撫一下，有時抱著抱著她就睡在我懷裏。

她會坐會爬之後，媽媽把她放在大紙箱裏，邊做生意邊照顧。來買菜的婆婆媽媽們看到了，會陪她玩或抱起來在附近逛逛；有的還會送來玩具、日用品及一些圖書。因為她皮膚細白，兩隻眼睛又大又黑，一副可愛討喜的模樣，讓她獲得「小可愛」的美譽。

她到了該上幼兒園時，因媽媽沒有能力，所以還是把她留在身邊。或許環境的關係，才五六歲的她居然會算簡單的帳，會找一些小數目的零錢，成了媽媽的小幫手。

有一天，一位來買菜的大嬸看到了非常感動，知道她們母女的狀況後，馬上告知開幼兒園的媳婦，要媳婦免費讓她就讀。就這樣她開始進入學校，由於認真加上天賦優異，從小學到高中，一路都是資優生。大學進入清華讀資訊工程，明年就要畢業了。

她就是這樣，在眾人的關懷和疼愛下成長。如今的她已從牙牙學語，變成充滿自信、氣質高雅的美少女。相信只要她繼續努力，未來必定會在專業領域裏發光發熱，創造無量的前途。祝福她。

109.8.5《人間福報》

感謝退我稿子的主編們

得空的時候喜歡塗鴉，喜歡沉浸在文字的優美與溫暖中，更喜歡透過文字的表達，來舒緩情緒、療癒身心，讓更多的讀者來分享我的心情故事。

由於常寫，加上運氣不錯，所以每個月會有六到八篇的作品，刊登在不同的報章雜誌上。為了要方便往後的閱讀，及感受紙本書的特別溫度，每年到了歲末，我會把一年來發表過的文章，體意相近的綜合起來，出版成書。

書，不僅攜帶方便，隨時隨地都可翻閱，而且整本的，要比散篇的擺在檔案裏，更容易為閱讀帶來趣味。

每當新書出版時，會有個新書發表會。每次在發表會上，都會有不同的讀者，問同樣的問題，那就是「這些書裏的文章，都是投稿發表的，但您有被退稿過嗎？」「被退稿時會很失望、很沮喪，想放棄嗎？又要如何處理退稿呢？」

每一回我的回答是：我因為常投，所以也常被退稿，不過我不沮喪，也不想放棄。我喜歡享受把故事變文字的過程。從無到有，從一個字到一篇文章，加上來來回回的修改，那其中不僅要全神貫注，還要發揮想像力，在舉一反三中，找到最貼切的文字，才能成就一篇文章。也因為這種繁複的過程，可磨練出我的耐心和毅力，那是投稿者的另一種收穫。

把文章寄出後，能被留用最好，萬一被退稿也無妨，因為那是自己努力的心血，是無可取代的智慧財產。

另外，一般常投稿的朋友都明白，偶爾被退稿並不一定是壞事。雖然會被退稿，作品的詞意不流暢或錯別字多，會是原因之一。但是字數過多，也是會被退稿的，只是你不知道而已。由於現在很多報刊，版面縮小，所以對投稿字數是有限制的，通常以五百到六百的數字，是比較適合的。

除了字數多寡的問題之外，在投稿時也要注意版面性質，每家副刊各有各的主旨。有的喜歡旅遊，也有愛談美食的，也有重視一般文學性質的，小說、散文或新詩都需要。也有以家庭關係為主的，不管親子、婆媳或夫妻的相關文章都可以被接受。為了提高投中率，投稿前先弄清楚自己所寫的作品文性，較適合哪家報刊，有了充分的瞭解後再送出，成功的機率會高些。

以前我都沒弄清楚，稿子寫好了就寄出，於是經常鬧笑話。幸好我遇上很多熱心的主編，他們不藏私，會給我寶貴的建議。例如，在退稿的回函中表示，「此篇大作寫得很好，可惜不適合我們的版面，建議您可投某報某版面會更適合，是很有機會被錄用的。」

每次收到不同的主編這麼真誠的建議時，我照單全收，結果屢試不爽，最後都被錄用刊出。印象最深的是，有一回甲報主編在退我稿子時，也附上建議要我改投乙報試試看。結果我運氣好，作品在乙報刊出後，又被《讀者文摘》轉摘，並翻譯成十七個國家文字，在世界發行。

我很慶幸，自投稿以來，我遇上很多熱心的主編，為我指點迷津。雖然我們素不相識，他們在明處，我在暗處，但是由於他們不吝指教，讓我有所適從，少繞很多路，這是值得我一再感謝的，

每次新書發表會時，我都會鼓勵對寫作有興趣的讀者，退稿不可怕，多寫多學一定會進步的。文章是千古事、得失寸心知，寫多了自然能體會出寫作的樂趣和成就感。

112.5《警友雜誌》

福妹

福妹是張仔的貼身良伴兼保鑣。認識的人都說：「張仔養一隻福妹，勝過養兩個兒子。」

張仔在不同的市場賣二手衣，有早市和黃昏市場。每天開著小發財車，載著滿滿的衣服到市場，一臉福相、中等身材的福妹，就坐在副駕駛座上。

到了市場，車門一開，福妹就縱身跳下，當起指揮官。菜市場人多車多，卸貨前一定先把車子停好。在車子進進退退中，難免有行人或腳踏車經過，此時福妹會吠兩聲，讓張仔知道該進或該退。

他擺攤時，福妹就在攤子邊走來走去，瞪著大眼睛注視著挑選的客人，讓不想付錢的人，難有機會下手。

單身已五十出頭的張仔嗜愛杯中物，每回做完黃昏市場要回家時，就會順路繞到快炒店喝兩杯。有一回喝多了，開車在等綠燈時竟然睡著了。福妹看他車子停著不動，就拼命地吠。路人發現不對勁，就通知警察。警察來後拍了半天的車門，裏面都毫無動靜，怕有意外又請來鎖匠。

車門打開時，發現張仔醉到不省人事。警察透過車號查出他的住處，只好把他抬回家，過程中福妹都隨侍在側。

這次的大醉，讓張仔大病一場，兩隻腳因痛風不良於行，三餐都靠福妹張羅。他想吃麵時，就告訴福妹去哪家麵店買。然後把錢和寫著麵名的紙條放在塑膠袋，讓福妹咬著到麵店，老闆看了就會把麵煮好，讓牠帶回家。買麵是這麼買，買便當、買早餐也都一樣，聰明又盡責的福妹從不出錯。

自從發生醉車事件後，每次張仔只要把車停在快炒店門口，牠就吠個不停。此時只要張仔捏捏牠的脖子說「我只去買兩盤菜回家，不是去喝酒」時，牠馬上停止吠聲，這讓張仔很窩心。

他常提起六年多前，有一次醉倒在住家附近的公園轉角，當時又瘦又髒的福妹就趴在他身邊，一直到天亮。過後福妹再遇上他，就會跟在他後面。有一天他又喝醉了，走路歪歪斜斜的，福妹就走在他前面，邊走邊回頭，像引導他別走錯路似的。

從那以後，他收留了福妹，帶牠到寵物店清洗並打預防針。經過打理後的福妹，如出浴後的村姑，清新脫俗。全身鮮黃色的短毛中，耳邊、嘴邊、尾巴有些白色相配。黃白相間看起來很亮麗、很討喜。因牠是母的，就叫牠福妹。

福妹就是這樣忠心護主，陪著張仔四處做生意，陪著他過日子，彼此相互照應親如家人。張仔常說福妹是個不會說話的好女兒，聰明伶俐又貼心，有牠在自己很開心，也很有安全感，很慶幸當初有收留牠。

109.12.21《聯合報》

鍋貼爺爺

在不知道他的故事之前，只覺得他很勤快，一年到頭都風雨無阻地在巷口賣鍋貼。他是末代老兵，十幾歲時在田裏工作，就被抓去當娃娃兵，然後輾轉來臺。戰爭結束後，同袍紛紛娶妻生子，而他沒有，一直獨居到今天。

為了不讓自己閒著，他在巷口擺攤賣鍋貼。小攤車上有個平底鍋，還有餡料、一瓶油、一小罐辣椒及兩個亮亮的托盤。他每天午後兩點準時出現，把包好的鍋貼下鍋後蓋上蓋子，又開始包第二鍋。第一鍋煎好起鍋後，就放第二鍋繼續煎。放學時間難免有學生站在那兒等，他都不慌不忙、很慎重地把每一個鍋貼包得整整齊齊。

以前每次路過看到他，都會覺得他是否有經濟壓力，否則怎麼會八、九十歲了，還要來擺攤做生意呢？有一回我路過時，看到我同事正在跟他聊天。

後來同事告訴我，她在九二一之後家人沒了，就被送進孤兒院，在那兒的幾年，鍋貼爺爺就是她的認養人。她離開孤兒院後，除了每月捐薪資一半給孤兒院，也會經常去看鍋貼爺爺，感謝他的認養之恩。他覺得鍋貼爺爺愛心無限，只靠著一輛小攤車、一顆滿滿的愛心，就去認養很多小朋友，真的很偉大。

知道這件事之後，我對這位爺爺更加尊敬。想想，他離鄉背井來到臺灣，就默默地把畢生奉獻給這塊土地。數十年來靠著一顆顆的鍋貼，幫助一批批的孩子。這些孩子長大後，又傳承他的愛心，把愛傳下去。

從此，我只要路過附近，就會刻意地繞過去向他問個好。而他總是和往常一樣嘴角微揚，點點頭。

110.5.24《聯合報》，本文被《講義雜誌》110.9轉摘

鶼鰈情深

在春暖花開、花香鳥語的季節，雖然乍暖還寒，但是我和陳姐還是約好，趁著非假日遊客比較少的日子，上陽明山賞花，順便泡泡溫泉，讓自己輕鬆一下。

和陳姐一起在花博當志工，也曾和他們夫妻一起到荷蘭阿姆斯特丹，參觀世界花博，所以彼此之間，有著淡淡的友情，若哪方遇到困難，彼此都願意伸出友情之手，給予安慰和扶持。

去年外子數度住院，當時情況不太樂觀，她總是適時地給予陪伴和關懷，讓我一次次地度過那難熬的日子。前些日子，她日夜照顧的老伴，睡著睡著就不想起床了。雖然這樣的結局，她從三年前老伴發病後就有心理準備了，但是畢竟夫妻共同生活快一甲子，忽然失去還是百般不捨。

後事辦完後，她約我到陽明山走走，我當然樂意陪伴。由於陽明山是他們夫妻相戀時，最常去的地方。當時兩個窮小子，沒有能力吃大餐，更沒能力出國旅遊。於是到陽明山玩，既省錢又可賞花、爬山，是最適合他們的平民旅遊。

每到假日，他就騎著野狼125載著她，帶著水壺和兩個飯糰就上山了。她喜歡坐在機車後座，雙手環抱他腰的安全感。這樣的旅遊方式，一直在他們生命中延續著。從年少時的機車遊，到中年的汽車遊，到晚年的包車遊，只要花開季節就去賞花，讓這些繽紛見證他們數十年來，胼手胝足的努力和真情，也點綴他們平淡卻不平凡的一生。

那天陳姐捧著她老伴的老、中、青年代時，各種不同造型的三組放大照片，在花前、樹下和自己合照。每拍一張她都跟老伴提一下，這裏曾留下他們的腳印和笑聲，句句扣人心弦又浪漫無限。我相信她在天上的老伴，此時一定和她一樣，展著笑顏歡度美好時光。

陳姐告訴我他們過去的許多故事，也告訴我今天拍了這麼多照片，是希望將來和他重逢時，可以告訴他：「你不在的日子，我都把你的份一起過下來了。」

很高興看到陳姐能走出喪夫之痛，勇於面對一切，過著如同老伴健在時的每個美好時刻。我忍不住地伸出雙手，給她一個大擁抱，讓一切盡在不言中。

110.9.9《聯合報》

第二輯

一張回條

一個粉色香包

我的床頭掛著一個粉色小香包，那是媽媽九十多歲來我家時，自己慢慢用手縫的。當時她每次看我在裁布做包包，一向勤儉惜物的她，就會把我剪剩的小布塊，蒐集好放入塑膠袋裏。

她認為這些碎布丟了可惜，把它做成包包就可賣錢。她建議我趁有空時把它拼湊在一起，當口袋貼在素色的包包上，這樣既有特色又吸睛，一定會受顧客青睞的。

每次我在忙碌時，她也不得閒，戴著老花眼鏡，坐在矮凳上，手縫著自己喜歡的小飾品。有一回我剪了一塊粉色牡丹，她知道我獨鍾粉色，特別把兩塊名片般大的碎布撿起來，做了一個小香包給我。

她雖年紀大，但是針腳細，先把它縫成四方形，裏面裝了一些乾的玫瑰花片，縮口處縫成細褶，上方用粉色絲帶捲成細繩，約留十公分當掛繩。底下的中心點，縫上一顆綠色的圓珠，圓珠底下是一串粉色流蘇。

就這樣，她憑著自己的創意，利用我家現成的材料，就縫出一個獨一無二、似一顆糖果的香包送我。由於它是媽媽親手做的，我也知道她離開我家回鄉下老家之後，就沒機會做這些小東西。一方面老家沒這些小物件，再方面她即將百歲了，視力手力差，要拿針線有一定的難度。

我也意識到這香包，很可能是媽媽這輩子最後一次手作禮物送我，所以特別珍惜，一直用透明袋子裝著。

一年多前媽媽離開後，為了懷念她，我把香包掛在床頭，早晚和它說說話，把對媽媽的思念和問候，透過它來表達。我知道我這麼做，媽媽一定很開心。

一個小香包，裝著媽媽滿滿的愛，每次看到它，就像看到媽媽手拿針線的專注神情，感覺她就坐在矮凳上和我話家常，並未遠離。

很感謝媽媽為我留下這個香包，握在手上有媽媽縫製的餘溫，以及那針針密縫、綿延無盡的愛。

111.5.14《青年副刊》

一張回條

那天早餐後，家裏的移工威娜告訴我，她耳朵很痛，還有點出血，想去看醫生。我回：「好！要趕快去。」並告訴她上回去打疫苗的那家診所，就是耳鼻喉科，還問她知道怎麼走嗎？她點點頭。

她臨出門時，我給她一千元看診費，怕臨時要另加藥費，另外交給她一張字條，請她交給醫生。上面寫著：「醫生好！她是舍下的移工，語言表達有困難，我又無法陪診，若看診中有無法溝通的事，或該忌口的食物（因她嗜辣），請告知。雇主敬謝。」

沒想到一個多小時後，她哭著回來了。我還以為發生了什麼狀況，握緊她的手要她慢慢說。結果她抽咽地表示，醫生說沒關係，吃幾天藥就好，還說她很lucky，能遇上好老闆。

她走在路上，一想到自己每個月都向我預支薪資，而我都願意幫她渡過難關，不像以前的老闆不借她，所以就哭了。聽完，我終於鬆了一口氣，伸手給她個大擁抱。

當她把多餘的錢和字條還給我時，我發現回條上寫著：「耳朵無大礙，有點發炎，目前需要忌辣。」還寫著「您是不可多得的好雇主，很敬佩。某某醫生敬上。」

看到回條我很慶幸，自己做對了一件事，即使微不足道，卻很開心。

111.4.19《聯合報》

一篇短文的出現

每次上圖書館，我都只飽覽各報紙的副刊，因為每家版性不同，我可以欣賞到不同名家的大作。

記得有一回看到一篇〈一盞茶〉，是作者記述十歲時，因和弟弟打架被咬了一口。在和爸爸告狀時，爸爸把她牽到茶桌旁，指著心愛的茶具說，自己像茶壺、媽媽是壺蓋、三個姊弟是茶杯，這是一個完美組合。若茶杯相碰壞了，就像妳們受傷了，爸爸會傷心的，因為妳們都是爸爸的寶貝。女兒邊喝茶邊聽爸爸以茶說理，終於明白爸爸的心意。

因文章裏，爸爸以說茶代替說教的智慧，讓我既佩服又感動，好想有機會能再讀到它。偏偏我已忘記是哪家報紙刊的，所以要溫故知新很難。

某天在水果攤買木瓜，隨手打開包裝的報紙，乍然發現那篇夢寐以求的〈一盞茶〉就在眼前。那張皺皺的報紙是2021年2月4日《聯合報》的續紛版。那一刻我有「踏破鐵鞋無覓處，得來全不費工夫」的驚喜。

111.7.23《聯合報》，本文入選「驚喜的相遇」徵文

另類迴響

打開出版社寄來的包裹，除了兩條不同尺寸的粉花圍巾外，還有一本國小的數學作業簿，上面寫著《牛筋草》讀後感，還有閱讀的日期。

《牛筋草》是我把去年發表過的文章蒐集成的散文集，在今年年初出版的。這位只屬名鐵粉的讀者表示，她在弟弟家看到這本書之後，感覺很多故事就在身邊，很貼切，於是上網買了兩本，一本和媳婦分享，一本就留在身邊，利用照顧臥床老公的空檔翻閱，感覺很療癒、很開心。

每天抽空看幾篇，看完後又重看，看到第三遍時，她發覺自己有很多地方已和作者產生共鳴，所以決定每看完一篇，就要寫下心得，於是寫成這本讀後感，然後送我當紀念。

記得當天，我好奇地翻開這個本子，看到裏面詳細地寫著所有篇章的讀後心得時，我感動得眼眶發熱。心想，一個沒有經濟能力，又已年長的老人，要照顧臥床的另一半，心中一定承擔很大的壓力，幸好她找到閱讀，讓心情沉澱平靜。難得的是，她試著提筆寫下感想，把書寫當出口抒發情緒。她覺得這個讀與寫的動作，讓她變得輕鬆多了。

或許我們有共同的遭遇和記憶，已年邁且家中又有老病人要照顧，所以可以同理彼此的感受。

記得有一年，我另一本書出版的第二個月，我就收到一位讀者寄回的新書。她把整本書看完了，並在每篇文章末端，用鉛筆寫下心得。她要和我分享，並希望我簽完名後，再寄還給她。

看到讀者是這樣的用心，在字裏行間中感受溫暖的同時，還不忘給我最真誠特殊的鼓勵。這對喜歡利用家事之餘塗鴉的我來說，是很不一樣的，我除了感謝和珍惜，並期許自己繼續努力。

110.12.10

快喲，話玲瓏的來囉！

那天傍晚正在忙，忽然聽到電視上播著，臺語民謠歌王劉福助先生唱的「話玲瓏賣雜細」這首老歌。看著他穿西裝，逗趣地扭著屁股甩著手，做著挑擔的動作，讓我忍不住地笑了，也想起小時候，看到穿梭在夥房裏賣雜貨的大嬸。

六、七十年前，鄉下交通不便，在前不著村、後不著店的情況下，偶爾家裏需要買個小東西真的很麻煩。於是出現了一個矮矮胖胖、挑著擔子賣雜貨的大嬸。她頭戴斗笠、手套袖套、腰繫圍裙，圓圓的大臉上，總是滴著汗珠。

聽說她住隔壁村，家裏的雜貨店，被她愛賭的丈夫一夜輸光了。新接的老闆看她帶著幼子，一無所有地流浪街頭，就送她一些雜貨，希望她能做點小生意，好好過日子。

她的擔子是好心的叔公，用竹子和木板釘製，送給她的。它像兩個矮櫃，各有三個抽屜，約半個人高，約一尺半寬，抽屜的底下有四隻小腳。抽屜的最上層有四面小欄杆圍著，放些不容易滑落的毛巾、小褲子。欄杆上面是一雙藤條綁的耳架，方便穿梭扁擔。

抽屜裏放著不同的日用品，小糖球、酸梅、牙粉、牙刷、香皂、痱子粉、花露水、胭脂、針線、鉛筆、火柴、釦子、萬金油，應有盡有。

我們劉家大院，是她出門必經之地。她習慣一出門，就搖著她的鈴鼓，匡噹匡噹的。村童們聽到了就大聲吆喝，「快喲，話玲瓏的來囉！」然後大家跑到曬穀場集合，等待她的出現。

她停好擔子會坐在門檻上。婆婆媽媽們或蹲或站，買自己需要的日用品。村童們好奇地摸摸這個，看看那個。有些孩子會吵著媽媽，要買小圓糖或酸梅。能吃上的很開心，沒得吃的也會因為看到了酸梅而猛吞口水。或許是心理作祟吧！我多次發覺當時吞下的口水，居然是酸甜酸甜的。

以前的農村家裏孩子多，難免缺東缺西，她這種服務到家的方式，很受大家歡迎，日子一久，大家還親如家人。

她除了賣雜貨，也樂於服務大家，經常被受託牽紅線。劉家大伯看到鍾家有女初長成，都會希望她趁生意之便，幫忙提親一下。大嬸婆有多出來的農產品，一時消化不完，怕壞了可惜，也會就請她告訴大家，快來分享。阿忠家的愛狗生了多胎想出養，就請她轉告一聲。

在物資缺乏的年代，她就是這樣，用她的小擔子安定生活，也為鄉鄰們提供了貼切的服務，更為我們的童年，帶來很多歡樂有趣的回憶。

111.10.17《人間福報》

我在高鐵站

由於我客居臺北，親友都住南部鄉下，因路途遙遠，所以每次還鄉大多選擇速度比較快的高鐵，希望以它的速度，來拉近南北的距離，而且都以早班車作為第一選項。

那天早上，我又一大早到臺北車站搭高鐵。在等候車子進站時，忽然聽到排在我前面的長髮小姐在接電話，「喂！我在高鐵站。」接著，她哽咽激動地說：「請告訴媽媽要加油，再等一下下，我很快就到家了……」她說完，難過地抱著頭蹲在地上。

看她思親急切、痛苦無助的模樣，我似乎看到兩年多前的自己，是媽媽過世的那天，同樣的高鐵站，同樣在南下的候車室，我也曾在這兒演著和她同樣的戲碼。

雖然我們沒有劇本，也沒有事前排練，卻因即將逝去親人，而演著同樣的劇情，我們清楚地知道，此趟之行是悲傷難過的喪親之痛。

記得當天傍晚，我接到小弟的電話，他哽咽地說：「姊！我在高鐵站，媽媽有狀況……」因事出突然，他雖然沒多說什麼，我卻恐懼萬分，只記得他說媽媽有狀況，其他的半句都沒聽清楚。

放下電話後，我抓了幾件換洗的衣服，就急速地趕到高鐵站。在候車室裏，我立刻電話家人，告訴他們「我在高鐵站」，請他們幫幫忙，多和媽媽說說話，讓她能提點神，並告訴媽媽要等我一下下喔！我很快就會到家的。我相信只要媽媽知道，我已在路上，她一定會等我的，這是我們母女培養了七十多年的默契。

就這樣，無助的我期待著媽媽能撐住，讓我有機會向她鞠躬致謝。一路上歸心似箭的我心亂如麻，全腦子都是很負面的想法，很怕見不到媽媽的最後一面。

為了讓煩亂的心能平靜些，我不斷地默念著佛號，盼望菩薩能幫助我，完成這個卑微的心願，才不會留下任何遺憾。

雖然我搭的是高鐵，但是從臺北到美濃有三百六十多公里，高鐵只到左營，左營到美濃又還有一段距離，即使路況很好，也要四、五十分鐘的車程。更糟的是當天正好颱風在南部登陸，出了左營站已是晚上七點多，風雨交加，拿著不斷翻飛的傘，在路邊等車，偏偏一車難求。

好不容易看到一輛計程車靠過來，而我是排在第二順位，為了能盡快看到媽媽，我把我的不得已告訴排在我前面的那位先生，他聽後很大氣地表示，「妳趕快上車吧！我再等一下無所謂，希望妳一切都還來得及。」他的慈悲讓我眼淚不知不覺地滑下臉頰。

上車後風雨依舊，車子無法開得很順暢。我就在種種的折騰下，花了很多時間才回到家。把原本要媽媽等的一下下，居然是漫長的三個多小時。

或許是母女連心，媽媽知道我回家的路很遙遠，所以一直努力地撐著，直到看我平安到家。當我告訴她，我愛她，也感謝她的養育之恩，並祝福她一路好走時，她終於安心地嘴角微揚，然後慢慢地閉上雙眼。

高鐵站就是這樣，乘載著各式各樣的人生風景。每天人來人往，有人上車有人下車，有人是歡喜來接送，有人是心急如焚，期待能以最快的速度見到親人，完成微小的心願。每個人都牽繫著悲歡離合的故事，不管悲喜，每天都在這兒，不斷地重複上演著。

而那句「我在高鐵站」始終是遊子心中，最牽掛也是最溫暖的話語，它會一直飄散在車站的每個角落。

112.3《警友雜誌》

車輪餅的故事

每次聽到有人說「捐一萬塊和捐一百塊的意義是一樣的，因為都是盡己之力付出愛心，同樣值得讚美」時，我就會想起阿福夫妻的小小車輪餅。

一大早就看到阿福和美滿兩夫妻忙進忙出的，在為當天車輪餅的原料和擺攤做準備。幾年前的八八風災，讓阿福和美滿的家園和家人，一夜之間從人間消失，他們當時因外出工作而躲過一劫。雖然他們是住同村也曾是同學，但一直沒什麼互動，直到因辦理受災戶後續的許多問題，必須經常接觸和互相打氣，才漸漸地熟識。

或許是在他們生命裏，曾經遭遇過同樣的不幸，同樣一無所有，同樣是孤兒，因此讓他們體會到生命的無常，也學會珍惜和知足，更願意這輩子相互扶持、共度餘生。

為了珍惜彼此，他們離開傷心地，利用政府的輔助款，在郊區買了一樓的公寓，作為安身立命的落腳處。為了生活，也為了回饋當時許多善心人士對災民的熱心相助，夫妻倆選擇在家門口的角落擺了一個攤子，專賣車輪餅。一個十塊錢的車輪餅，在別人眼裏或許利潤有限，但他們覺得賣車輪餅，成本少，沒什麼壓力，只要天天努力做生意，日子一久必可以積少成多。

由於他們很重視自己的產品，所有車輪餅的餡料都是自己做，這樣不僅可以節省開支，而且可以控制品管。因此他家的車輪餅，因好吃料多而大受歡迎。他們夫妻努力經營生意，又懂得知恩惜福，所以生活簡樸沒什麼大負擔。每個月的收入扣除生活的基本開銷外，都會有些盈餘。

於是他們把這些多出來的錢，去認養災區的災童，他們希望能為和自己有共同遭遇的孩子們盡點心力，就像當初他們接受善心人士的幫助一樣。

就這樣，一個不起眼的小攤車，天天都不停地轉著，轉出了一份助人的心願，也轉出一個個熱騰騰的車輪餅，既滿足了食客的心，也讓嚴冬多了一股暖流。

108.1.25《人間福報》

受騙記

鄰居八十歲的張奶奶，前幾天一大早到住家附近公園運動完後，就順便到土地公廟拜拜。此時有兩位六十出頭、穿著很休閒的女士過來問候。先是稱讚張奶奶好福氣，身體又硬朗，一點都看不出有八十歲了耶！

正當張奶奶陶醉在甜言蜜語中時，那兩人中有一個開始說，張奶奶的孫子，早上上學時被車撞了，幸好被她們兩個看到，於是把他送進醫院，一共花了三萬元，這些醫藥費就由另一位女士先墊了。在過程中另一位偶爾會補上一句話，來增加可信度。

就這樣張奶奶在著急中，連忙回家拿來三萬塊感謝她們。傍晚兒子下班回來，她提起這件事，兒子連忙說：「您怎麼那麼笨，被騙了。」張奶奶連忙說：「是你沒遇上，遇上了就知道她們的厲害了。」可不是嗎？遇上了就知道。

約三個月前，我接到一位小姐的電話，我電話拿起，隨後一聲：「喂！您好！」此時她笑著說：「大姑！是我啦！」我又問：「您是哪位呀！」她答：「您猜猜看，要叫您姑姑的有那些？」於是我念著姪輩們的名字：小捷、小英、小明……當我唸到小明時，她馬上打斷並說：「大姑！我就是小英，好久沒聯絡了，向您問個好。」

過程中都是溫暖細語，她還要給我手機號碼，要我有事可以找她，以示她的真誠。小英是我大弟的女兒，從小品學兼優，大學畢業後一直在南部工作，我們從未聯絡。上一次見面已是八年前的事，所以我對她算是陌生的，包括電話裏的聲音以及她的近況。

掛上電話後，我發覺真是女大十八變，現在的她講起話來輕柔多了，還要跟我玩猜謎，這些都不是我記憶中說話直爽的她。儘管我有這些懷疑，但是我又覺得人是會變的，不要想太多。

昨天中午我又接到她的電話，我才拿起電話，她馬上說：「大姑！我是小英啦！」經過一番貼心的問候之後，她說：「想向您借四十萬元，因要進一批貨，一時缺錢，希望您幫個忙，過兩天就還，請放心。」

聽她這麼說，我就問她：「這事妳父母知道嗎？」她連忙說：「我不想告訴他們，免得他們碎碎念。大姑！我從來沒有向您求助過，您就幫一下嘛！」

我除了回答「好」之外，也告訴她一定要經過她父母同意才可以。她聽了一直要求我，不能告訴他們，相信她就對了，說完後還留下電話及匯款帳號。

為了慎重，我去電詢問弟弟夫婦，他們堅持女兒有需要，他們有能力提供，不需借貸的。有了這個承諾，我就放心了。沒想到二十分鐘後，小英來電問我去匯款了沒，我說：「沒有！妳父母沒答應。」至此，我還不知道，她是詐騙女。

又過了幾分鐘，弟媳來電表示，小英並沒打電話。聽完，我才發覺自己從頭到尾都陷在騙局中，從一開始有發覺她言談和印象中不太像，但我疏於求證，才會有後續的發展。幸好對方要的數目太大，讓我起疑心，否則若她只要三、兩萬元，我不疑有他，直接就上當了。

晚餐時，電視上的跑馬燈閃著，「又是老梗，老農被騙一百多萬」。是啊！這樣的新聞每天都上演。想想，詐騙所以無往不利，是否利用了親情的牽絆，以及當事人因疏忽、沒求證的弱點。

記下它，只希望自己是最後一個受害者，但願往後「詐騙」就成為過去的故事，不再傷害無辜。

110.4《警友雜誌》

往事如煙

假日到屋後的懷舊市集逛逛，忽然看到小小的玻璃罐裏，裝著一顆顆紫紅色、外層沾滿白色糖粒的小圓糖球。

看到這些孩童時期最想吃到的甜食，有滿心的歡喜，卻沒有一絲想擁有的食慾。我想，這與年歲漸長有關吧！

小時候或許因沒有零食，所以特別嘴饞。樹上沒熟的果子，會想盡辦法，把它摘下來解饞。即使要冒著挨打的風險，大家也都一樣，不分男女，只為了能滿足口慾。

那時候一毛錢，可買一顆小圓球糖，家裏有六個小孩，一時買不起六顆，只好每人輪流哈一下，從老大開始。哈完一輪再一輪，直到它融化為止。大家守著遊戲規則，沒有人會多哈一下。

哈小糖球如此，吸冰棒也是比照辦理。有一回媽媽給了一毛錢，我從柑仔店買回一支用糖水做的粉色冰棒。就這樣大家輪流吸一下。吸著吸著輪到老三時，因冰棒變小變薄，老三一不小心，就把那被吸得變透明的一小片冰棒掉在地下了。此時站在一旁等待的我們，在一陣錯愕下，有人一看機會沒了，就放聲大哭。

媽媽知道後，又東翻西找的，終於奇蹟出現，在抽屜裏找出一毛錢。當我身負重任地去柑仔店買冰棒時，有位在場的長輩忽然對店老闆說：「她家不是很窮嗎？怎麼有錢再來買一次？」

他的話讓我很難過，那種被羞辱的感覺，讓我不斷地回頭瞪他，心中一直在意這句話。從那次以後，我不斷地提醒自己，往後不管多辛苦，也要學會謀生的能力，好讓家人每個人都有一支冰棒可吃。

過去那些年，我無法原諒他，每次遇上了，我就躲開。前些日子，我回娘家時，看他手拄枴杖，走路搖搖晃晃，連忙上前扶他一把。雖然他已經不認識我了，但是那一刻我發覺自己心平氣和，好像什麼事都沒發生過。

花開花謝總有時

110.3.18《青年日報》

最近這陣子，因氣溫飆高，不僅人熱得受不了，連院子裏的花草，也熱得垂頭喪氣，讓人看了於心不忍，只好拉來水管，幫它們沖個清涼浴。

由於這兩年因疫情的蔓延，不能遠遊又不能只宅在家裏，過著無朝氣、沒希望的生活，於是我們幾位每天一起晨運的大媽，開始結伴去爬附近小山，或健行一些森林步道。只希望能接觸大自然，倘佯在森林中，拓展視野，開闊心胸，吸收更多的芬多精，讓身體接受洗禮後，能夠健康和快樂。

由於經常出入山中，看到野菜野花，都會順手採一些回家，能吃的成了桌上肴，不能吃的就隨手種在花盆裏，期待它哪天能開花結果。

然而植物的屬性很複雜，有它專屬的季節。有的喜歡陰濕，不適合種在户外；有的需要陽光照射，更需要水分才能順利成長；有的韌性強，能絕處逢生，還會攻城掠地攀牆附樹。

一開始，我因沒有經驗，不懂它們的習性，只認為植物就是種在土裏，勤施肥澆水就好，所以都種在陽台或後院。結果未見花開，倒是經常為枯萎的花草惋惜。

儘管出師不利，但喜歡拈花惹草的我，卻不曾放棄，不斷地在失敗中學習，也會向有經驗的親友討教，就是要為來自山野的花草們，提供最適合的成長環境。

就這樣，從摸索中一點一滴地學會和它們和平共處，和它們說說話。讓它們不因我的疏忽，像日正當中時忘了移位，或深夜裏突降大雨，沒來得及給予安置，為此受到傷害而灰心。

幸好它們生命力超強，能為自己活出豐富色彩。我有時無意中會發現盆裏的草莓，只剩殘葉數片，還能長出幾顆紅澄澄的小草莓；而那盆只剩一支綠梗的孤挺，不知何時已竄出一朵紅中帶白的花兒……

蒔花種草是需要天時地利人和的相輔相成，才能成就。而最近這陣子炙熱的太陽，又讓它們枝枯葉乾、奄奄一息。我雖不捨，還是盡力地給予呵護，希望它們能重展生命力，繼續長葉吐蕾。

最近工作忙，真怕它們因少了照顧影響成長。沒想到那晚我一進門，就意外地發現屋子滿溢桂花香氣，猛然想起大暑已過，時序已入秋。感謝桂子未爽約，如期地來到人間散播芬芳。

111.9.5《青年副刊》

勇於面對初老

記得剛過六十歲的那幾年，每次看電視新聞，聽記者說「那六十多歲的老阿公、老阿嬤」時，我心裏都會很不自在。心想，「也不過才六十多一點，一定要加個『老』嗎？」

或許是自己沒辦法接受老的事實，於是我沒辦免費悠遊卡，九九重陽敬老金也拒領，總覺得自己還年輕，還有謀生的能力。

直到七十歲那年，我在用餐時，忽然吃著吃著，有顆牙齒嘣的一聲就斷掉了。看醫生時醫生說：「那是老化、鈣質不夠了才會斷裂，這很正常啊！」醫生的一句老化、正常，讓我不得不承認，自己已邁向初老了。

從那以後總覺得頭髮比往日白得快、牙齒一年斷了三顆、眼袋不知道什麼時候已浮現……面對這樣一連串的老化現象，我告訴自己，既然是不可逆的自然定律，那就勇於面對吧！

為了要讓老後的日子少些病痛，我敞開心懷，抓住青春的尾巴。在生活作息上盡量規律，飲食正常加上多運動；早睡早起不熬夜；多利用時間去參加社區的老人活動。只希望透過種種的參與，讓日子過得踏實、快樂。

除了重視飲食起居、保持健康外，我也重視外在的打扮和穿著。每隔一段時間，我到美容院整理一下頭髮，讓自己看起來有精神。在穿著上我也力求整齊清潔，我相信只有懶女人，沒有醜女人。

總之，老不可怕，勇於面對就好。

110.7.19《人間福報》

急

外子八十多歲，最近幾年因身體健康不佳，所以經常進出醫院，每次住院都讓我焦急如焚，這情形以今年為最。

春暖花開時，有天早上他一起床，就喊著：「我怎麼站不起來了？」我一聽急著把坐著的他扶起，試著先站穩再跨步，結果舉步維艱，還雙腳發抖，最後送醫急救。

母親節第二天，我看他刷牙時手會抖，而且滿臉通紅有發燒現象，又麻煩救護車。這回是細菌感染，在醫院住了兩星期後，細菌還跑到心瓣膜築了一個小窩。結果又開心臟手術，住院一個多月後返家。

本以為天涼好個秋，都快年終了，一切該是順遂了，哪想到十月底，他滿臉蒼白、四肢無力。送醫後才知道心跳過低、血紅素也低，裝了心臟節律器之後才恢復正常。

想想，一年來他出狀況時，我是急得手足無措。

108.12.7 本文入選《國語日報》「108年年度代表字」徵文

枯木逢春展新意

屋後靠山邊的幾棵大樹，一年多來好像都在冬眠，綠葉落盡，一樹光禿。雖然樹枝上少了綠葉的點綴，但是樹幹卻挺拔依舊，像稱職的農士，緊緊地守護著大地。

更奇特的是，它身上有多種細藤小葉纏繞，像棵沒樹枝的綠樹，整個樹幹像貼滿了綠絨絨的亮片，在陽光照耀下閃耀著光芒，和樹葉未落盡時，判若兩種各異其趣的風情。

大樹少了葉子，院子裏的盆栽，不管是花苗或菜苗，也好不到哪裏，不知道為什麼，每一盆都剩細小梗子，插在黑黑的泥土上，沒有一點綠意，看不出任何朝氣和希望，讓我很挫折。

本以為這些樹兒和盆栽，會一直過著這樣黑暗的日子，所以我不再一日看三回，心想歲月忙中過，沒看它們會少很多壓力，於是一連疏忽幾天。

或許是春到人間了，大約一星期過後，我趁著大好天氣走出户外，因空氣新鮮溫暖，當我開心地四處張望時，忽然看到樹枝上，比較粗曠的部分，有冒出點點的小綠芽，還滴著晶瑩的露珠。這一發現讓我很驚喜，那感覺已經很久不曾有過了。

雖然不是很密，且分散得稀稀落落，但是我還是非常感動，因為這些小綠芽長來不易，為我帶來了新的希望和喜悅。

無獨有偶，盆栽裏的小梗，也不惶多讓，不知道什麼時候，居然從泥土裏冒出米粒般的淡淡新芽，展開著春的笑顏，正一日日長大。

真沒想到幾夜的春雨，因「隨風潛入夜」，讓生命力堅強的萬物，在「潤物細無聲」中，悄悄地重展生機，帶來滿滿新綠，讓我有機會目睹枯樹逢春的好景象。

112.2.8《青年日報》

柑仔店裏的動畫

在我的認知裏，鳥兒、老鼠是生活在戶外的，牠們屬於大自然。然而有一天當我在住家附近的柑仔店裏，看到來去自如的牠們時，嚇了一大跳。

店是開在車水馬龍的市區，店裏生意興隆，客人進出頻繁，但是鳥兒們有恃無恐，在頭頂上飛翔。有時停在物架上嘰喳，有時又在地上啄食，大家各據一方低頭忙碌，吃飽了展翅一飛各自散去。過了一會兒，又呼朋引伴地再度光臨。

鳥兒們是這樣大方地進出，鼠輩們也不惶多讓，硬是來湊熱鬧，無聲無息地沿著牆角四處晃，看到小米、小豆，小嘴動不停，小眼四處瞄。不僅無視於店裏走動的客人，更誇張的是牠們囂張地不把那隻整天慵懶、偶爾張開眼打個哈欠、趴在屋角的鎮店貓，已經二十公斤的阿肥，看在眼裏。

都說貓和老鼠是天敵，水火不容的，但在這家店裏，這個說法難以成立。或許是牠們同住一個屋簷下，有共同的主人和吃不完的美食，所以能知足，懂得和平相處，快樂過日子。

每次看到店裏鳥兒滿屋飛，鼠輩們悠閒出入，客人會稱讚老闆真慈悲，免費供應這些「好朋友」吃住。每一回老闆都大笑地表示，也不是啦！自己沒有那麼偉大，其實他很感謝店裏有牠們幫忙清理忙中掉落掉的小雜食，也讓他省下很多工作哪。

這家柑仔店就是這樣，老闆顧生意，動物朋友顧肚子，每個角落隨時有不同的畫面出現，生動有趣，讓人看了不禁莞爾。

111.9.11《中華日報》

消失的叫賣聲

前陣子，一連幾個晚上，在十二點左右會聽到用臺語發音，很低沉還帶點滄桑的「肉粽！肉粽！燒肉粽！」的叫賣聲。

剛聽到這消失已久、既陌生又熟悉的聲音時，我還以為以前常在夜裏騎著腳踏車來這個社區賣粽子的老闆，又回來做生意了。連忙起身在陽台上看看，希望能買一顆來嚐嚐，回味一下夜裏吃粽子的感覺。但是整條巷子看過去都靜悄悄的，連個人影都沒有。接下來的幾天，我只要聽到這個聲音，反而會害怕，懷疑自己是否感官功能失調了，有幻想症，否則耳朵怎麼會突然出現這些聲音呢？

幾天過後，在樓梯口遇上鄰居太太，我提起這件怪事。她連忙表示沒錯，夜裏是有聽到這個聲音的。只是那不是人的叫賣聲，是樓上新搬來的鄰居，家裏養的八哥叫的。聽說他們家原來就是賣肉粽的，所以八哥在耳濡目染下，叫出來的聲音特別傳神。聽她這麼說，我終於鬆了一口氣，確定自己沒有感官功能障礙。

記得多年前，孩子們要聯考，天天挑燈夜讀，而我要把上午賣掉的包包，利用夜晚趕工，明天才有貨可賣，經常忙到深夜兩點。當時幸好每天晚上十二點左右，會有個賣肉粽的老闆來叫賣，此時的肉粽正好成了我們母子的消夜。我很喜歡在夜深人靜裏，母子共嚐肉粽的親子時光。

由於當時彼此工作忙，難得有時間坐下來聊聊，所以我們只有利用一天將結束的時刻，一起吃點心，共同分享白天的大小事。於是每個夜裏，我們期待著叫賣聲由遠而近的溫暖，而老闆也總是風雨無阻的，滿足了我們的幸福願望。

自從無所不賣的便利商店，開在市區各個角落後，不僅夜裏的肉粽香氣隨著叫賣聲消失，連午後賣烤地瓜阿伯的身影，也在不知不覺中不再出現於巷弄裏。

真沒想到好夢方甜時，會被「假的」叫賣聲驚醒，讓我勾起一段美好的回憶。

110.4.13《青年副刊》

停電了

那一晚七點多的時候，忽然無預警地停電了，而且還下著大雨。在一陣慌亂中，我連忙在客廳放個充電的立燈，並把未吃完的晚餐趕緊吃完。

由於我家住在靠山的捷運站附近，天黑了沒有燈又雨聲滴答，加上滿山的樹影幢幢，會讓人感覺怪怪的。考慮到此時正是下班時刻，許多人出了捷運站就得走這段一時變得黑漆漆的路。為了讓這些路過的朋友，有點亮光可以照路，我在門口掛了兩盞裝電池的LED燈。

或許是我的動作被鄰居發現了，大家也陸續地在門口或陽台掛上燈。儘管每一家的燈造型和大小都不同，所散發出來的亮度也不一樣，但是大家的目標卻是一致的，就是要為回家的人，照亮回家的路，帶來一份安全感。

沒想到一個小小的舉手之勞，會引起鄰居的共鳴，一起為停電的黑夜點上光明。

110.7.1《聯合報》

探問昨日

有天傍晚，我在仁愛路國父紀念館出口處搭計程車，要去中山北路。當時因雨勢大天又冷，加上下班時間到處塞車，真是一車難求。

當我的座車快到光復南路口時，我看到路邊有位舉著黑傘的小姐，對經過的計程車不斷地揮手，就是沒有一輛停下。看她很急的樣子，我請司機先生慢慢靠過去，並告訴他，不管她要去哪裏都先送她，我不趕時間。

司機聽了問我，「那要她分攤多少車資？」我說：「不用啦！只是給個方便。」車子停在她面前時，我立刻開門讓她進來。她告訴司機，剛剛收到父親發生意外的消息，急著要去臺北車站搭火車回宜蘭，偏偏攔不到車子，真是急死了。我要她放心，我們現在正要去車站哪。

一路上她不斷地感謝我，願意讓她共乘，她很害怕父親會不會有什麼狀況。

坐在後座的我，聽她說著心事，一時悲從中來，熱淚滾滾而下。想起前年某日一個颱風天的傍晚，我站在左營高鐵站的路邊，想攔一輛車子趕回美濃，希望能送百歲老母最後一程。當時風雨交加，雨傘撐不住，我淋著雨，不斷地向路過的計程車揮手，但卻讓心急如焚的我一次次地失望。

好不容易有輛車停在路口的轉彎處。一位事先等在那兒的先生正要上車，我連忙衝過去，告訴他我的狀況，問他能不能讓我先坐。因為我真的很怕，見不到媽媽的最後一面。

沒等我說完，他要我趕緊上車，他再等一下無所謂。我就在他的禮讓下，一個小時後趕到家。看到葬儀社的工作人員，正抬著媽媽要放進冰櫃。

他們在我的要求下，把手停在半空中，讓我向媽媽道別。媽媽成全我，努力地睜開眼睛，看到我對她鞠躬致謝後，閉上眼睛含笑而去，結束了我們七十多年的母女情緣。

那天她下車後，司機問我怎麼願意讓一個陌生人一同搭車。我探問昨日，說出當時受助的故事與感恩。司機聽了點著頭表示，「妳能善用同理心不容易啊！」

下車時他只收我兩百元，把零頭五十元去掉。我笑著對他說：「世界真美好，有同理心的人隨處在，現在我就遇上了……」他開心地揮手關上門揚長而去，留下忘了說「謝謝」的我，還愣在路旁。

111.11.7《人間福報》

酸菜三層湯

那天在菜市場門口，看見一位戴著斗笠、圍著圍裙的阿嬤，坐在矮凳上，正在賣客家酸菜。

我從老遠就聞到那似有若無、酸中帶點甘甜、屬於客家酸菜的味道，所以四處張望，希望能買到一些，沒想到被我遇上了。由於這種酸菜，是小分量的做法，時間只有兩、三天，所以香氣特別濃、酸度正好到味。不像一般店家賣的，一大堆一起醃，時間比較長，把香氣都醃失了。

無意中看到這樣自醃的客家酸菜，生長在美濃的我，有他鄉遇故知的親切與興奮感，因為在臺北要買到它真的很難，是可遇不可求。

美濃粄條遠近馳名，但是在美濃除了粄條好吃外，酸菜三層（五花肉）湯也是一道好吃的庶民菜。儘管它名氣沒有粄條響亮，然而在我們這些離鄉的遊子心中，卻是想念難忘的。

把三層肉切薄片，水開了後放入鍋中，再加上一撮酸菜，一道酸中帶甘甜的湯就完成了。酸菜吸足了三層肉的油，變得滑嫩順口，而三層肉吸了酸菜中的香氣，不僅酸香味俱佳，而且吃起來爽口清甜，百吃不厭。

客家酸菜除了煮三層肉，也可以煮排骨或雞、鴨肉同樣好吃，那味道總是讓人吃過後，揮之不去。

希望讀者朋友有機會到了美濃，除了吃粄條外，也喝一碗酸菜三層湯，保證回味無窮。若是有機會買到客家酸菜就試著煮，既簡單又好吃，吃過了會想再吃的。

109.4.19《自由時報》，本文入選「家鄉味兒」徵文

第三輯

老媽的遺產

一顆水煮蛋

每隔三五天，在洗米下鍋時，我都會洗幾顆較小的雞蛋，放在內鍋上面蒸，這樣飯煮好時，蛋也蒸熟了，想吃時信手拈來方便之至。

每次撥開蛋殼，看到那潔白溫潤、橢圓的水煮蛋，我除了開心地欣賞外，也會想起第一次擁有水煮蛋的日子。我的父母是很重視我們兄弟姊妹的生日的，即使我們小時候，家裏生活困頓，他們買不起禮物送我們，但是他們一定會想盡辦法，在我們生日當天，送上一份驚奇，讓我們記起自己的生日，也歡喜地接受祝福。

每當我們生日時，一大早起來，媽媽就會送上一顆水煮蛋，並伸出雙手擁抱，然後在我們額頭上輕啄一下，並說：「生日快樂！」那樣的儀式，讓我們感受到來自父母深深的愛意。

我父母很有智慧，把我們的生日寫在門板的後面，每天開門關門都會看到，可以時時記住。快到生日時，就把母雞生的蛋留著，到時就成了我們生日的禮物。這樣他們既沒有金錢負擔，又可讓我們高興。

七歲那年某日媽媽去高雄住院，一時之間回不了家，由住高雄的姨媽們暫時照顧。爸爸要照顧我和兩個年幼的弟弟，以及一些雞鴨、豬隻，還要到田裏種作，裏外兼顧忙得焦頭爛額。

儘管那段日子他要擔心媽媽的身體，要負責家裏的大小事，還要籌湊醫藥費，但是他還是記住了我的生日。當天早上剛上小學的我，匆匆忙忙地要趕上學時，才跨出家門幾步，爸爸就跟在後面喊住我。

當我停下腳步，爸爸牽起我的小手，把一顆溫熱的水煮蛋放入我手裏，並說：「生日快樂！」我不知道自己生日，就愣在那兒。爸爸摸摸我的頭之後，要我趕快去上學。

到了學校，我上課時心不在焉，一下子就低頭看看書包裏的蛋。幾次過後老師發現了，走過來看個究竟。當我告訴他實情時，他要同學們幫我唱生日快樂歌，那是我第一次知道，生日時還有人幫我唱歌哩。

那天，我有好幾次想把蛋吃了，但是一想到弟弟們，我又捨不得吃。終於熬到放學回家，我們姊弟三人坐在門檻上，眉開眼笑共同過生日，分享著最美味、最難忘的水煮蛋。

111.9.19《人間福報》

父親的扁擔

父親走後我很少回娘家，之所以不敢回家，就怕回到家看到他的遺物，會有睹物思人之痛。

那天到家時無意中在廚房的門縫裏，發現一根黑得發亮的扁擔。看到這根幾十年前，經常在父親肩上挑農作物的扁擔，我的思緒又回到從前。

在五、六零年代經濟蕭條，住在事事落後的農村，是英雄無用武之地。為了扛起一家八口的生計，他和母親胼手胝足，無日無夜地出賣最原始的本錢——體力。

要出賣體力也需要工具，鋤草的鋤頭，挑肥挑穀的扁擔。家裏買不起鋤頭，有需要時只好找鄰居借。扁擔是自己做的，所以家裏有兩根，分別由父母各自持有。

做扁擔要用上好的刺竹，才夠堅固耐用。鋸下竹子中間最堅固厚實的部分，約五呎長，從中剖開刨平，左右兩邊要刻個窩，可勾住水桶或竹籃的耳朵，以免挑擔時滑落造成傷害。另外，剛成形的扁擔因粗糙，必須用砂紙磨光，以免傷害肩膀。手續完成後，再把它泡到池塘裏，一個月後就可以使用。

新的扁擔帶點淡綠色，還散發著竹子香氣。剛開始它堅硬無比，慢慢經過重量的承載後，會變得有彈性，讓挑擔的人感覺物品變輕了。

家裏的兩根扁擔，在父母年輕時，我總認為父親的使用率比較高。母親偶爾要懷孕生子，無法離家工作，扁擔就擱著。父親就不同，家裏農事忙完了，就得帶著一根扁擔外出打工。

香蕉收成時，就挑香蕉。有人蓋新房，就去挑磚塊。要是都沒有工作時，就要上山砍柴，既可讓家裏有柴火，又可換點現金貼補家用。

小時候我經常背著弟妹們，看父親幫鄰居挑農作物。每次看到他肩上扁擔，兩邊被垂成彎彎的，他走路又很吃力時，我會問父親怎麼不少挑一點，每一回他都嘴角微揚，摸摸我的頭。某天當我知道，那是論重計酬時，我的心揪得好緊好緊。

幾十年來父親靠著那根扁擔，上山下田把我們扶養長大，他感謝它的幫忙，才撐起一個家。既使是年邁之後，已經無力挑起任何重物，他還是一直留著它。

看到久違的扁擔，讓我想起父親的扁擔，挑的不只是物質的重量，還有生活的壓力，以及對妻小無盡的愛，那恩情是難以回報的。

111.8.15《人間福報》

老媽的遺產

自從百歲老母仙逝一年多來，許多熟識的朋友常會好奇地問我：令堂留下很多遺產吧？我的回答是很肯定的。想想，一個人能少有病痛地活了一世紀，必有它的道理。不管是生活上的自律，或待人處事的心態涵養，都有它獨特之處，才能讓這些無形的養分滋潤她的身體，讓她一輩子健健康康、快快樂樂的。

雖然她是岡山的閩南人，在七十多年前嫁入很傳統、很封閉的美濃客家小鎮。她必須從語言、生活習慣、下田務農……一切從零開始學習。但是生活的艱辛卻沒有難倒她，她樂觀以對，從每個生活細節學習成長。

她常在忙完農事或雨天無法種作時，坐在矮凳上看書報雜誌。沒有玩具、沒有電視可看的我們姊弟，就跟著坐在她身邊，翻閱一些阿姨們從高雄寄來的兒童讀物。她常告訴我們「鳥欲高飛先振翅，人要上進先讀書」，從淺移默化中，讓我們知道讀書的重要，進而培養出閱讀的習慣。

記得有一年參加某雜誌為慶祝母親節的徵文比賽，題目是「你心目中媽媽最美的畫面」。

我寫的是印象中媽媽閱讀時心無旁騖的專注神情。從年輕時坐在門檻或矮凳上，一隻手捧著書，一隻手抓著我們的背，享受親子的互動；到年邁時滿頭白髮，戴著黑框眼鏡，坐在搖椅上，優雅地神遊書本。那種與世無爭、樂在閱讀的美好畫面，一直讓我印象深刻。

儘管我筆下的媽媽是樸拙的農婦，沒有穿金戴銀，但是或許是身為農婦的她，懂得善用時間，帶領孩子走進書的世界，真正的做到農家「晴耕雨讀」的古訓，所以得到評審的肯定，讓我得了獎。

媽媽除了灌輸我們，閱讀能增廣見聞、充實心靈、增長知識外，也要我們常存善念和寬容之心，這樣心情才會愉快，身體才會健康。她覺得人生只有短短幾個秋，要好好地珍惜所擁有的，並多結善緣，讓日子過得豐富踏實。

媽媽所受的教育不多，終生與土地共存，說不出什麼大道理，但是我從她的言行中，學到閱讀的好處，及待人處事、應對進退的哲理。這些都讓我終生受用不盡，也是別人拿不走的最珍貴財富。擁有它，我今生足矣！

112.1.2《人間福報》

是好事

結婚前，和他沒有常跟朋友一起外出，不知道他有女人緣，只覺得他很熱心，很樂意幫助別人。婚後相處久了，才發覺許多女孩喜歡和他一起出遊。

他憨厚、善良、勤快、很有同理心，凡事默默地做著。出國旅遊時，他覺得自己行李不多，就順便幫行李多的人服務一下。他認為大夥兒能一起出遠門是有緣，互相幫忙沒什麼呀！我覺得也是啦！反正舉手之勞嘛！幫助別人自己沒損失，卻能讓對方輕鬆一下，何樂而不為？

下班或上超市時，有人要搭順風車他也OK啊！大家都是熟識的同事或朋友，就給個順水人情也不錯喔。

他就是這樣，同事或朋友有所求，只要能力所及，都不會拒絕。他的朋友常調侃他，這種古意又貼心的男人，是女人的最愛。因此每次旅行或團體出遊，很多女孩喜歡和他同組。因為只要有他在，既有安全感又可以減輕很多工作，多好呀！

或許是我個性大拉拉的，所以每次看一臉大叔相、長得不怎麼樣、口袋又不夠深的他，女人緣特好時，我都會很開心。總覺得人緣好，表示他心地好，待人又誠懇，才能得到別人的信任，否則別人都避之唯恐不及呢！不是嗎？

很慶幸另一半有好人緣，無形中也讓我的人際關係更好，所以我不會為了這些在傷神。因為我很清楚這些好人緣，是用他的熱心、善良換來的。

109.9.13《自由時報》，本文入選「老公太有女人緣」徵文

把馬桶擦得雪亮

我是個嗅覺很敏感的人，我無法忍受洗手間有尿騷味，那怕是少到似有若無（家裏人只有我偶爾聞到），我也非常在意。

外子八十多歲了，上小號時難免會滴幾滴在馬桶的邊緣或地上，我每次工作回家一開門，就會聞到尿騷味。我只好一擦再擦，一天要擦數次，感覺很浪費時間，有時工作忙，擦著擦著就把火氣全擦出來了。

為了不影響彼此的心情，我曾要求他照兒子的建議，不要站著尿尿，改用坐的，這樣尿就不會有外滴的情形了。沒想到我此話一出，他氣到抓狂。他認為自己是堂堂的男子漢，怎麼可以跟小女人一樣坐著尿尿。

這件事我曾請教醫生，醫生認為這是可行的，尤其是老年人，坐著還要比站著安全哪！雖然我一再地向他解釋坐著尿尿的好處，但是他抵死不從。

我心想，既然他不願改變，就只好改變我自己。每天把馬桶擦乾後，我在馬桶前面的地上鋪上衛生紙，這樣髒了隨手可丟棄。本以為這是最完美的方法，但是我發覺衛生紙丟了，還是會聞到尿騷味，我還是得一天擦好幾次。

我也試過在地上墊塊布，結果還是要搓洗，浪費更多時間。在還沒有找到更好的方法之前，我只好先墊衛生紙。

在老人社會裏，相信有很多家庭，有跟我類似的困擾，希望能集思廣益，讓尿騷味可以遠離。

109.2.17《自由時報》，本文入選「打掃死穴」徵文

苦中帶甘的黑豬仔菜

每次路過巷口轉角處，只要看到戴著用紅花布包著的斗笠、缺牙瘦小、圍著泛白圍裙的阿嬤，蹲在地上賣黑豬仔菜時，我一定停下來買兩把。

每次我買完，她一定會告訴我：「這是野菜，沒灑農藥的，煮稀飯或炒薑絲都好吃，有點苦甘苦甘的。」每回我都耐心地聽著，這既熟悉又陌生的話，然後道謝離開。我常邊走邊想起童年往事，小時候家裏經濟糟、孩子又多，念小學時因繳不起二十元的學費，常被老師罰站。

那時因學校教室不夠，所以中、低年級的同學，都只念下午。為了善用上午的時間，我揹著竹簍，跟著堂姊到數里外的臺糖甘蔗埔摘黑豬仔菜。黑豬仔菜長在蔗埔裏，一眼望不盡，又嫩又多。由於旗尾甘蔗埔全是砂質泥土，被南部熱情的太陽曬得發燙。穿梭其間不僅腳被燙得發痛，還要忍受又尖又刺的甘蔗葉的摩擦，在穿不起鞋子和長褲的年代，每次去摘，雙腿會被刮得鮮血點點，長短紅線交叉，太陽一曬又痛又癢，那感覺真是令人不寒而慄，尤其是冬天洗澡時更是難過。為了不讓父母擔心，我從不敢告訴他們這些。

每天要走很遠的路去摘這些菜，對一個十歲不到的孩子來說，若沒有相當的耐力，與不怕苦的決心，是難以勝任的。我每天一大早去摘，摘滿半簍後，就坐在路邊把它綁成一把一把，然後在回家的路上，邊走邊叫賣。我告訴客人：它是野菜，沒灑農藥的，煮稀飯或炒薑絲都好吃，有點苦甘苦甘的天然美味。

雖然，摘黑豬仔菜很辛苦，但是卻讓我學會在摘與賣中的許多許多學校老師沒教的寶貴經驗，而這些經驗也成了我日後成長的養分。而最最重要的是，那一把一把不起眼的黑豬仔菜，不僅幫我繳了學費，而且連弟弟的學費也有了著落，讓我高興萬分。如今想來特別感恩，也很懷念那段在日頭下汗流浹背的日子。

109.2.15《中華副刊》

要嫌就自己煮

婚後只有我和外子兩人同住，照理說飲食可以很簡單，想吃什麼就煮什麼，萬一煮不好，也只有一個意見，不像人多的家庭，意見一籮筐，難為了掌勺的煮婦。

偏偏外子挑食，嫌這個煮得不夠軟，那個又太淡、沒滋味的，怎麼吃呀？一開始我耐著性子要他開菜單，我照著他說的方式，要燉、要炸、要煎都比照辦理。然而幾天過後，他又故態復萌，又開始嫌東嫌西，此時我提出煮婦換人做做看。結果他只煮了幾餐，就表示廚房裏的事，不適合男人，所以要我重回廚房。

為了往後不讓他再有這麼多廢話，讓姑娘我煮得不開心，我也有個規定，以後我煮什麼就吃什麼，若有意見就不要吃，但要閉上嘴，否則大家就再見，勉強住在同一屋簷下太累了。

或許是我說的話，他覺得有道理，他也認為當煮婦不容易。他自己煮的，連他自己都不愛吃，又怎麼能要求別人要煮得多好吃。於是接受了我的建議，從此不再意見這麼多。

我覺得每個人個性不同，對吃的講究也會因人而異，一家人可以坐下來討論，怎麼煮大家接受度較高。不要不會煮意見又很多，那會讓掌廚的人很挫折。與其嫌東嫌西，不如放下成見，讓煮的人沒有壓力，可以盡情發揮廚藝，吃的人在吃的同時，也懂得多給予掌聲，這樣就皆大歡喜了。

110.10.17《自由時報》，本文入選「料理被嫌」徵文

送禮前先知她的喜好

剛結婚時聽另一半說過，婆婆年輕守寡，日子過得辛苦，所以就養成節儉的習慣。知道此事後，我有遠行一定會買一些比較特別的衣物送她，讓她有機會外出時，穿得體面一些。

我不否認會這麼做，是希望對一路走來為了子女含辛茹苦的她有所補償。然而她收下這些衣物後，卻是捨不得穿用，通通把它掛在衣櫥裏當展示。有時問她是不是不喜歡我買的式樣，她都表示很喜歡的，只是還沒機會穿罷了。

知道她的節儉習性難以改變，我不再買一些身外之物，改成另一種方式送她禮物。知道她農曆的初一和十五都是吃素，而她都以一瓶豆腐乳解決。我知道那是沒有營養、又鹹度高的食物，不宜常吃。

於是我買了一些素食材給她，希望她換換口味，有時也會買些素便當給她，而她都覺得那些食材太貴、划不來，所以不想吃。

為了要讓她吃得開心和健康，每逢吃素日我們一家改吃素，陪著她吃素食。為此我還特別去素食餐廳打工，看看廚師們怎麼料理素食，好讓全家吃得營養和健康。

我們一家都一起吃素時，婆婆不再吃白飯配豆腐乳，改吃我做的五顏六色、色香味俱全的素食料理。因食材多樣，有微炸、有清蒸、有涼拌、有素炒，吃得全家笑盈盈。

看著婆婆每次用餐時，臉上洋溢的喜悅，我覺得總算送對禮物了。

109.5.17《自由時報》，本文入選「婆媳送禮」徵文

望月思親

日子過得真快，一晃眼媽媽仙逝已一年多了。媽媽個性傳統，一生務農的她虔誠地篤信佛教，對年節的祭拜都很慎重和用心。

每年入秋之後，她在忙碌農作的秋收之餘，還要醃製一些農產品，分送親朋好友。做豆腐乳、醃薑、醃鳳梨……都是需要時間和天候的配合，才能醃出好品質、好口味又耐放的醬菜。

由於她耐心十足，做事細心，醃製過程中的每個環節，都要做到很到位，只許成功，不能失敗。因為失敗了，一切就等明年秋天。

每年秋天一到，她除了做些能耐放的乾糧之外，也會準備一些紙箱，讓分散各地出外打拼的家人，趁著中秋回家團圓時，能帶上一些農產品。不管是樹上的柚子、楊桃、龍眼、香蕉，或地下的地瓜、花生、洋蔥，她都要大家分享，這是媽媽的心意，是她親手栽種的，充滿了愛心，吃起來特別香甜。

中秋那天，她準備豐富的祭品，拜完祖先之後，開始下廚烹調，滿桌的家常菜，就在她切切洗洗中一一上桌。四代同堂的一家人，就這樣同桌共餐，相互分享媽媽的拿手好菜，也分享著各自生活的悲喜。

晚餐後，一家大小搬來椅凳在曬穀場上喝茶聊天。皓月當空，秋風輕拂，孩子們樂得跑跳穿梭，大人們聊到更深露重，大家都非常珍惜這一年一度的相聚。

去年中秋節，雖然我們和往年一樣，都攜家帶眷地返鄉，和家人團聚過中秋，但是同樣的中秋月，和過去一樣明亮皎潔，卻因為少了媽媽忙碌的身影，以及噓寒問暖的關懷，而顯得不再柔和溫暖。晚餐時弟弟貼心，在媽媽常坐的位置上擺了碗筷，請她一起共度中秋佳節。

飯後，我靠在曬穀場的女兒牆上，抬頭望著高高明月，懷念著媽媽過去的慈顏歡笑，心中特別沉重。但願天上的媽媽，和往常一樣笑口常開、慈悲為懷，正高興地在歡度佳節。

111.10.1《青年副刊》

賣早餐凌晨三點起床

在尚未接觸早餐店時，我不知道看似簡單的小小早餐店，有那麼多店外看不到的繁複工作，而且必須凌晨三點就起床準備，否則會因準備不周延，早上做起生意來，順序不是很流暢。這些經驗是在我加入這份工作後，才親身體驗出來的。

父親過世後，媽媽賣了十多年的早餐，那些年我經常去幫忙。住在鄉下地方，每天三更雞啼時，我們立刻起床，漱洗過後就進廚房，開始一天的分工合作。她負責鍋煮的，我負責切洗，都現做現賣。

把昨晚浸泡的黃豆打漿濾渣，然後煮成豆漿。豆漿分三種口味，有清漿、微甜漿，還有甜漿。糖的比例要精準，這樣煮出來的味道才會天天都一樣。煮好後，就分門別類地裝入不同的桶子裏。豆漿是這樣做，咖啡、奶茶也都比照辦理。

該煮的都煮好後，要切小黃瓜、番茄、洋蔥等做漢堡的配料。壽司和三明治，比較大眾口味的，也要先做好一些裝盒，方便趕時間的客人買了就走。另外，要把吐司邊切好，有需要時可以信手拈來，直接入烤箱。把所有配料都處理後，桌子上的紙巾、筷子、番茄醬都要檢查一下，該補上的立刻補上。

當天濛濛亮時，就開門做生意。每個人的喜好不一樣，口味也不同。通常一大早來買的是以學生居多，他們有的要吃漢堡加奶茶，有的要吃蛋餅加甜漿。有的吐司要夾蛋，有的要抹巧克力，有的要加玉米。

學生們性子急，以前還沒有手機時，他們點了餐之後，開始伸長脖子，不停地問：「阿嬤！好了沒？」每一回媽媽總是耐心地回答：「馬上好」，讓他們安心，其實每個步驟都需要時間。

媽媽手腳俐落，可同時煎蛋、煎蘿蔔糕和蔥油餅。她雖然年紀大，但記性好，思慮清晰，一次可以記住三個客人點的東西。誰的蛋要半熟、誰的咖啡不加糖，她都不會有誤。我在一旁把她煎好的東西裝袋，和飲料、紙巾、吸管放入提袋內，收錢後交給客人。我們母女默契十足，在尖峰時刻都能工作順利。雖然我們雙手忙不停，但是我們都記得說：「早安！謝謝！再見！」

七點過後學生走了，接下來是家庭主婦和上班族上場。他們常利用等待或內用的時間，和我們話家常、聊心事。有時我們忙，他們會自己裝飲料，自己算錢找零錢。

媽媽很慈悲，知道哪家環境差，哪個孩子正在成長食量大，對這些孩子，在煎糕餅時，她都會多顆蛋或加些料，飲料收小杯的錢，她都給大杯的，就是要讓他們能吃得飽。孩子天真，把阿嬤加料不加價的優惠告訴父母。每當他們的父母來感謝媽媽時，為了不讓對方有壓力，她都表示：大概是自己「聽錯了！」一切都沒有刻意。

媽媽就是這樣，慈悲為懷，把他人的孩子當自家孫子看待，只要小朋友吃得開心，她就開心。她認為孩子洋溢在臉上的那份滿足，是世上最美的風景。所以只要有機會，她都樂意做。她一直做到九十多歲才退休，讓許多客人很懷念。

賣早餐這職業看似簡單，其實處處藏細節。要有服務的熱誠、食物的好品質外，更要有耐熱耐操的毅力，否則很難生存。畢竟它很競爭，街上到處都有早餐店，若沒有特色，禁不起考驗，很容易就被淘汰了。

因此，若問我賣早餐辛苦嗎？我的答案是肯定的。

111.1.22《聯合報》，本文入選「這個職業有秘密」徵文

獨門滷肉飯

午餐時間樓上的李姊送來一碗滷肉飯。她說這段日子宅在家，為了三餐她已經變到沒有花樣了，只好以最簡單的方式，作滷肉飯，再炒盤青菜，打發一餐就好。

我端起碗，看著那黃豆般大小、閃著油亮的肉粒，在晶瑩的白飯上蠢蠢欲動的樣子，忍不住地食指大動。它飯Q肉軟，越嚼越香。那香氣除了肉香，還有紅蔥香、香菇香，加上醬油香，很有層次在嘴裏不停迴盪。

我吃著吃著，就想起我阿母的滷肉飯。小時候家裏孩子多又窮，只知道阿母每天為了三餐都傷透腦筋。有時家裏缺米糧，又不好意思再找鄰居借，因為上回借的還沒還哪。她只好將地瓜切成小塊，灑些米粒，再一起蒸熟，然後淋上她作的香氣十足的「滷肉」，我們就可以這樣過日子，還滿足地眉開眼笑。

我阿母很有智慧，家裏買不起肉，她就用炸過油的豬油渣剁碎，加上碎籮蔔乾，再用紅蔥頭爆香，並加些醬油去熬煮，這就是她的獨門秘方滷肉，拌在飯裏同樣香氣引人，是童年日子裏最幸福的美食。

每次遠足時，阿母就會幫我們帶滷肉飯便當，用餐打開飯盒時，同學會聞香而來。還有男同學拿著湯匙，向我借一匙，他說等他阿母煮了，就還我兩匙，一匙當利息。

小時候不知道阿母持家的艱辛，只知道她善用家中雜糧，變化不同佳餚餵養子女。自己掌勺後，才發現那其中蘊藏著多少的無奈和辛酸，從此我對阿母的感激與敬佩，變得更深更濃。

或許她的滷肉飯，少了李姊的珍貴食材，但那簡樸的庶民粗食，卻讓我終生難忘。畢竟它充滿了一個母親的智慧和用心，以及一股屬於農家的樸拙美味。

110.8.10《聯合報》

不會倒的大樹

昨天晚上，客廳裏的燈泡壞了，一時之間屋子裏漆黑一片。我拿著新燈泡站上茶几，伸出雙手時，發現手與燈台插座還差一截。於是我搬來矮凳想墊在茶几上，本以為我只要站在矮凳上，就可以裝上新燈泡了。

沒想到，我一站上矮凳，就雙腳發抖，站都站不穩，更不用說可以伸手裝燈泡了。我一試再試，最後還是失敗。

看到自己如鬥敗的公雞垂頭無力，我才想起過去幾十年的婚姻路上，家裏一些需要爬上爬下或提重的工作，都是身材高大的外子一手包辦。我的機車半路出了狀況，只要一通電話，他就會趕到現場幫我處理。

家裏的水管或電視有了問題，他大多能隨傳隨到、即時處理，讓我不必和水電工約時間，不必等對方姍姍來遲，而浪費很多精神，更重要的是，我省下很多修理費。

或許過去我們一直是這樣生活，一切習慣成自然，所以多年來，我從未感覺生活上會有什麼不方便。這兩年他漸漸地老了，因體力差，連站穩的能力都沒有，我才發現過去一直被我忽視，老嫌他不會説好聽的話、不懂貼心浪漫的人，原來在我生命中是如此的重要，像棵大樹般，一直支撐這個家。

如今我不敢奢望他能重新為家裏做點什麼，只希望他平平安安的，是棵不會倒的大樹，帶給全家充沛的精神力量，繼續過日子。

111.2.20《自由時報》，本文入選「有你眞好」徵文

枕頭下的紅包

因成長環境差，目睹父母為了生活，嘗盡了人間冷暖，所以當我有能力時，經常給他們紅包。我會裝在紅包袋裏，除了它代表吉祥，也覺得把鈔票裝裏面，有含蓄之美。

雖然父母一生生活清苦，但從不曾向子女開口索要金錢。知道父母有苦衷，我省吃儉用不斷地加班，儘管收入有限，我還是把父母擺第一。

婚後每次回娘家，趁機把紅包窩在他們手心上時，他們會告訴我，自己零用錢不缺，要我留著用。每一回看到他們既尷尬又高興的神情，我會心疼得鼻酸。為了不讓他們為難，之後我直接把紅包放在各自的枕頭下，要離去時再告知。他們除了不斷地向我說：「謝謝！」還會說：「下次不要再這麼做了。」

幾十年來我就一直這麼做，把對父母的感恩和祝福，放在枕頭底下。

那天回娘家，家人給了我兩個紅包，說是媽媽過世後整理衣物，在枕頭下發現的，知道是我給的，所以還給我。

接過兩個沾滿細亮片的紅包，我想到前年老母過世前的幾天，我一連去了兩趟醫院探望。當時已百歲的她精神很好，開心地跟我聊著有趣的從前往事。

我離去前特地給她一個紅包，躺在床上的她接過後，靦腆地往我面前推，她和過去一樣，要我留著搭車……一連兩次都如此。在互動中我沒發現她有任何異象，所以還是很開心地想著過兩天再來看她。沒想到兩天過後媽媽走了，這讓我非常不捨。

握著兩個紅包，我百感交集。慶幸自己一路走來，能盡微薄心意，也難過時光不再，一切將因父母相繼離世，而畫上休止符。

111.12.5《人間福報》

眞好，走著走著就到家了

趁著漫長的假日，難得有陽光普照的日子去爬山。山路曲折中經過幾處樸拙的傳統建築，讓我眼睛大亮、歡欣不已。不管是屋前的小橋流水，或是隨著季節更迭，所閃耀著繽紛的花草，都讓人讚美和驚艷。

那天清晨因起得早，多出很多時間，所以我一改往常，不走大馬路，改走山中羊腸小徑。在彎彎曲曲，時而上坡、時而下坡的小彎路中，忽然看到不遠處有條小河，小河的對岸，有走動的人影。

由於我從未走過那邊，很想走走看。於是懷著好奇之心，想一探彎路裏的秘境。我繞了好大一圈，才找到彎路的入口，我順坡而上。右邊是窄窄深深的小河，河水很淺且清澈，陣陣小魚優游其中。左邊種著不同的蔬果。翠綠的瓜棚下，吊滿了長長短短、綠絨絨的絲瓜。菜畦上有紅菜、地瓜葉、火龍果，還有高高低低的木瓜樹。不遠處還有一戶人家，那是老舊的傳統建築，紅磚綠瓦，農舍兼住家。屋邊的竹籬攀附著綠藤密葉，葉子底下掛滿了圓圓的百香果。

屋前禾埕擺滿了農具，矮凳，剛從園裏摘回的茄子、秋葵，還有一堆空心菜，以及剛挖好還沾滿泥土的綠竹筍。我邊走邊驚訝，我南部美濃老家的景象，怎麼會出現在臺北的我眼前呢？

更驚奇的是，龍眼樹下的老夫妻，正在拗龍眼，放入竹籃裏，要去趕早市呢！當他們把兩串飽滿，還滴著露珠的龍眼送我時，還說：「來者是客，不用客氣。」這句耳熟能詳的話，以及這些充滿人情味的動作，也是我務農的父母，經常說和經常做的。他們總覺得，人與人的相遇是緣分，能分送一些自己的種作是分享，那沒什麼呀！

真沒想到一時的好奇，會讓我意外走進既熟悉又陌生的種田農家，讓我勾起了對家鄉和父母的無限思念。

112.3.15《中華副刊》

假如時間可以倒轉

那天讀書會裏，討論的是：假如時間可以倒轉，你會做什麼？我的答案很簡單，就是「不會急著上車，要留下來多陪爸爸聊聊天」。

記得爸爸生病那段日子，我經常南北跑，搭早班車從臺北回高雄美濃，陪他聊天話家常。每次看到他在媽媽的用心照顧下氣色很好，我就很開心，總覺得來日方長，往後還有很多機會，可以常回來看他。

在鄉下客運車班次少，一小時才一班，也就是說，班次錯過了就得再等一小時。所以每次回家，爸爸就會一直叮嚀我，車子不會等人，要我趕快到門口等車，免得誤時了。儘管如此，每一回我還是拖到最後一秒才上車。

有天回家，看到爸爸精神很好，一向沉默寡言的他，那天心情特別好，一開口就說了很多的話。最最難得的是，一向很大男人、從未讚美過媽媽的他，居然在我們母女的面前，感謝媽媽替他生了這麼多孝順的子女，讓他這輩子很滿足。難得聽到他這麼感性的話，讓我們母女都紅了眼眶。

當天他和往常一樣，又要在家門口送我上車，看我上了車才會安心。這回我因為今天和他聊得太開心了，於是車子一來，我馬上跳上車並揮手再見。

沒想到這一次，居然是我們父女的最後一次互動，讓我好難過、好後悔。心想，若時間能倒轉，我一定不急著上車，要留下來陪爸爸多說說話。

112.2.20《人間福報》

傳愛傳福的姊夫

手持一炷清香，向心目中最尊敬的姐夫傅傳福先生，深深地一鞠躬，除了感謝他數十年來對我婆家的努力與付出之外，也要獻上我最深的祝福與不捨，是沉痛也是感恩。

他的另一半是外子的三姊。外子八個多月大時就失怙，親友們建議婆婆，把還在地上爬的他送養。在重男輕女的年代，無辜的三姊代弟出養。長大後嫁入竹山溝傅屋，成了傅太太。

姊夫聰明善良、吃苦耐勞，是篤實勤勞的種田人。他待人誠懇厚道，對姊姊的原生家庭，或收養家庭，不管人情世故都關懷備至，對長輩盡孝，對手足友愛，總把愛藏在細節裏，讓我們處處感受到他的仁慈。

在農業未機械化的年代，儘管他家耕田種地很忙，還是經常抽空來我家幫忙。雖然他只是中等身材，卻力大無窮、動作靈活，不管扛穀包或扛菸包，轉身換步就是流暢，讓旁人驚呆。蒔田、割禾、犁田、種菸、挑菸，每個動作都技術到位。我常稱他是種田達人，農委會該頒他一座金手獎。

他除了經常來幫忙農事，家裏的瑣事不管悲喜，他都第一個到場，幫我們分憂解勞。每一回在我們最艱辛的時刻，他不僅出錢出力協助，還用心陪伴，讓我們一家能走過傷痛。

姊夫勤勞，知福惜福，善用土地，經常在屋前屋後，種蘿蔔和南瓜，每有收穫時，我都可以吃到那來自故鄉的美食，每一口我都心存感激，感激他的厚愛。

有一回他來臺北，特地帶來兩包米，他說：「剛割稻子，新米好吃。」他的話紅了我的眼眶，我何嘗不知道新米Q軟好吃，但是比新米更珍貴的是，那份南米北送的至情。

姊夫為人處事謙卑低調，對子女的成就總是輕描淡寫。大兒子事業有成，是美濃經營茶葉的大盤商；二兒子夫妻是學有專精的教授，但這些他很少在別人面前提起，即使有人提起，他也是雲淡風輕，三言兩語帶過，那虛懷若谷的風範，很值得推崇。

他幽默反應又快，我很喜歡聽他說話。雖然他常說自己六年都沒念完，大字不認識幾個，但是我可從他用字遣詞中學到很多，這讓有念完小學的我很汗顏。

記憶中最經典的是，有一回家族相聚，姊姊出現時，他連忙開心地向我介紹，這位是傅（富）太太，口袋經常有兩百元，是現金喲！隨時可以動用，不需報備也不用蒐集發票，沒有人敢質詢。此語一出，不知笑翻了多少在場親友。

對二兒子的職業稱呼更絕，他覺得他兒子這輩子再怎麼努力，也只不過是傅（副）教授。結果這對亦師亦友的父子，只要一個眼神，就能默契十足地忍住笑意，任憑身邊親友笑到炸鍋，他們只會優雅地嘴角微揚。

我一直很欣賞他的睿智，用自嘲的方式隨時傳遞快樂，不僅無傷大雅，還讓親友感情升溫，真是一舉數得的好點子。不過這種能掌握臨場感，又要拿捏得宜的幽默方式，需要有豐富的人生歷練，還要有細膩的巧思和智慧，才能水到渠成。而這樣優異的條件，並不是一般人容易做到的，也不與學歷的高低畫上等號。

姊夫樂觀知足，懂生活情趣，晚年除了愛唱歌，也愛垂釣。拿起麥克風高歌一曲，不管日語、臺語，還是客家歌，他都能琅琅上口、自娛娛人，讓大家歡喜如癡如醉地鼓掌叫好。

好天氣時他戴上斗笠，騎著車子四處去釣溪哥魚，他很能享受「一竿在手，與世無爭」的那份悠閒和趣味。

每次想到釣魚和唱歌，是性質不同的一動一靜，而他卻能在動靜之間兼顧平衡，又能樂在其中時，我就會想到只能用清朝王士禎的「秋江獨釣圖」的那首詩來形容他，才是最貼切不過的。感覺那「一簑一笠一扁舟，一丈絲綸一寸鉤；一曲高歌一樽酒，一人獨釣一江秋」就是為他而寫。原來古人在三、四百年前，就為他打造了生命藍圖，讓他在九十年的人生歲月中，過得快樂似神仙。

姊夫一生豐富和精采，他像一顆充滿正能量的太陽，總是帶給大家希望和快樂，如今下山了，卸下凡塵俗事的他，即將帶著親人們滿滿的祝福和感恩，愉快地奔向新的旅程，我誠摯地祝福他一路好走。

妳是客家妹？YES

我因工作的關係會認識很多人，相處久後她們會好奇地問我：妳是不是客家妹？每一回我都笑而不答，只想知道她們為什麼會這麼認為。

結果答案都大同小異，無非是我認命、工作勤快又節儉、凡事謙卑低調等等。身上隨時散發著，屬於客家女性吃苦耐勞的特質。每一回聽到她們這麼說，我除了感激，也會告訴她們這沒什麼，是環境造成的啦！

我生長在百廢待舉的年代。家無隔日量、生病看不起醫生、學費繳不出來，都是生活的常態。或許是窮怕了，所以對生活的態度，會有些特殊。

從小父母就告訴我們，要珍惜擁有，當思一絲一縷來之不易、盤中飧粒粒皆辛苦。就在父母言傳身教的教導下，我在耳濡目染中學會知足、勤儉，也珍惜每個可以利用的機會。

每次去市場擺攤時，我會帶著前一晚做好的、來不及整理的包包，趁生意空檔整理順便修剪線頭，這樣就可上攤了；也會帶來不同尺寸的碎布，把它修飾搭配疊好，這樣下午回家就可以直接作業了。諸如此類的利用不同的零碎時間，在日積月累之下，讓我多出很多寶貴的時間，來成就別的事。

九十八歲住美濃的媽媽，經常會在屋前屋後種絲瓜，長太高摘不到，或被葉子擋住沒發現的，一下子變老後只好剝皮洗淨曬乾，變成可刷洗的菜瓜布。每次我回家看到這些菜瓜布，堆在那兒用不完又送不出去（鄉下地方家家都有），放著太可惜了，今年沒處理掉，明年新的又出產了。

為了不暴殄天物，為了環保，我會把它帶到臺北，利用擺攤時拿去賣，換些現金給媽媽當零用。家裏陽台種滿了花草，有空盆子我就種些韭菜，因日光好長得快，每十天半個月就可割一次。家裏人少吃不多，想把多餘的分送鄰居，她們都表示很少開伙。為了珍惜這些吃不完會爛掉的韭菜，我只好將它綁成一把，順便帶去市場賣了。

或許我的攤子和別的攤子不一樣，偶爾會出現這些不是我專賣的物品，所以婆婆媽媽們，很肯定有這種惜物不浪費的女人，十之八九來自客家。

就這樣「客家妹」不脛而走，許多人找我買東西時，會順便問問：要怎麼醃蘿蔔、鳳梨或薑？客家封肉怎麼做才好吃？鍾理和圖書館遠嗎？反正只要和客家有關的，她們都愛問，我也知無不答，只要她們開心就好。

經常會在不同的場所，無意中聽到有人對客家女性吃苦耐勞的讚美，我除了會心一笑，也會以身為客家女兒為榮。

109.12.9《人間福報》

第四輯

給我一天的假

二手塑膠袋

在菜市場做生意，日子一久，會結交一些志同道合的朋友。由於多年來，我一直用二手的塑膠袋，家裏的孩子，會把他們用過的塑膠袋，疊得整整齊齊，讓我再度使用。這樣可以做環保，又可把省下來的錢捐給慈善機構。

以前有不少客人，看到我用的塑膠袋五顏六色，不像別的商家，整串的紅或整串的綠，會說：「老闆娘！妳好省喔！妳的塑膠袋要說新的嘛，顏色又都不一樣；要說舊的嘛，又不像用過的，因為它很平整乾淨。」

我聽懂客人的疑惑，便坦率地告訴他們，我習慣重複利用塑膠袋，因為這些乾淨如新，丟了可惜，還會製造垃圾、破壞環境。或許客人們認為我言之有理，之後再向我買東西時，不僅不再質疑塑膠袋的新舊，還會主動地表示，不必另外裝袋子，就直接拿在手上或放入自己的購物袋即可。

如今，客人每隔一段時間，也開始把家裏乾淨的塑膠袋整理好送來給我。我也因為收到太多的塑膠袋，一時用不完，又分送給鄰攤賣薑蒜的大哥，及賣洋蔥的大姊，讓大家都有二手塑膠袋可以使用。

每次收到二手塑膠袋，我都很感激，感激客人們的用心，讓每一個塑膠袋都可充分利用，也為環境盡份心力。

111.3.22《聯合報》

六十歲以後的體悟

都說人隨著歲月的成長，生活歷練豐富後，會讓心智較成熟。我覺得這句話挺有道理的。

記得年輕時因性子急，做事只求快不求好，總覺得有做就好，至於做得細不細緻並不重要。和人說話不經三思想到就說，單刀直入。和人相處沒耐心溝通，也不會察言觀色，更不知道「說者無意，聽者有心」的後果。這樣的結果很容易得罪人，容易讓對方不舒服。

年過六十後，我學會以同理心去面對生活中的大小事及人際關係。第一步從放慢腳步開始。打疫苗或買口罩，不急著前一、兩天去排隊，先讓給老人或小朋友，等人少了再去，既省力又省時。

出門搭車也不急著趕車，這班沒搭上，還有下一班呢！和家人或朋友對談時，我先耐心傾聽，覺得有道理、和自己的理念相近的，我會說：

「這樣好啊！就這麼辦吧！」

若意見相左時，我會說：「我有個淺見，不知能否說出來，大家切磋一下？」或許是我以禮相待，先釋出善意，所以對方不會為難，一定表示：「請說，請說，不用客氣。」我就在對方同意下，說出自己的想法。在我的經驗裏，很多事情就在這樣的氛圍下，彼此心平氣和地溝通完成。

真沒想到六十歲過後，我不管處事待人或心情轉折，都因少了過去的衝動和堅持，而變得有溫度和順心多了。我想這就是年歲換來的珍貴經驗。

111.6.20《人間福報》

在左移右挪間

入秋之後，天氣漸漸轉涼，一盆盆的桂花和不同顏色的九重葛，枝枝晶瑩亮麗正在綻放。我找個午後整理一下，幫花盆挪個位置。

桂花清香無比，客廳外的落地門和臥室的窗台，一定要擺一盆。這樣家裏有花香，不管從外面回家進客廳，或是夜深人靜時，會因花香的飄動感覺特別療癒。

不同顏色的九重葛總是搖曳生姿，那花團錦簇的畫面，會讓很多路過的行人停下腳步，舉起手機拍照。為了讓他們能拍出更美的畫面，我把金黃色擺中間，每兩盆一靠，兩邊分別襯托紫紅和淺粉色，以此類推，顏色變得很有層次感，二十多盆爭奇鬥艷的盆栽，經過我巧思挪動後，遠觀近看都覺得，不僅顏色柔和協調，而且很壯觀，好像是經過專業設計的小公園。

每次整理花圃，因不斷地變換位置而得到好的視覺效果，我會覺得這些動作，和朋友或夫妻的相處之道，有異曲同工之妙，只是一個是有形的，另一個是無形的。

我常想不管任何事，當對方有意見時，自己是否能換位思考，以同理心用對方的角度來看待事件，這樣或許結果會是不一樣的。當雙方各持己見又怕失面子時，若有一方願意往左、往右移一下，或退後一些些，給彼此大一點的空間，在都有台階下的同時，藉以冷靜思考，這樣勢必會減少許多摩擦，讓一切可以圓融。

就像看似雜亂的盆景經過變換，就展現出不同的風情，既錯落有致又色彩繽紛，是賞心悅目、皆大歡喜的。

111.11.6《聯合報》

好

2020年一場看不到盡頭的疫情，不僅讓全世界的經濟崩盤，更讓全世界的人，天天在恐懼中過日子。

要出外旅遊不行，要到醫院探病也不可以，要外出要記得戴口罩，和他人相聚要保持距離，出門回家要勤洗手……諸如此類的諸多不便，都是因為疫情。為了大家能平安過日子，全國同胞都能共體時艱，面對各種不同的挑戰，大家都認真努力地配合，只祈求病毒盡快消失。

偏偏事與願違，世界各地的疫情並未好轉，相反地還有擴大的趨勢，讓許多國家的醫療設備難以負荷，不僅病人無處安置，連醫護人員也短缺。這情形讓疫情更是難以控制。

希望能夠抵抗病毒的疫苗盡快出現，來控制疫情，讓全世界好起來。

所以明年只要有「好」字，相信百業都將復甦，大家就能過好日子。

109.12《國語日報》，本文入選「年度一字」徵文

我不快樂

那天到市政府戶政事務所辦一些戶口資料時，在二樓的長廊上，無意中看到一位高高壯壯、戴著黑框眼鏡、約四十多歲的先生。

由於感覺似曾相識，所以擦身而過之後，我又回頭看了一下。沒想到正在此時，他也回過頭來。當我們四目相接時，我開口問：「您好像是李姊的兒子哦！」他答：「對呀！我就是那個不快樂的。」說完我們忍不住地哈哈大笑。

記得二十多年前，我家樓上的李姊因丈夫外遇結束婚姻，兩個兒子一個小六、一個國三跟著她。來自東部鄉下的李姊只念過小學一年級，所以識字不多。在學歷掛帥的年代，以她的學歷要找工作有困難，但為了生活，她選擇了成本低的小生意。

她每天一大早就騎車，載一些衣服到中正紀念堂，賣給早起運動的人。中午再到公館賣給上班族，賣完已是下午三點多了。她回家把晚餐煮好，讓兩個兒子晚上有飯吃，自己再到夜市繼續做生意。

由於她每天早出晚歸，所以母子難得見面。有一天她在大兒子的周記上看到「我不快樂」這四個字，其他的字她都看不懂。

她自認自己是負責任的母親，為了養家她無假日，也讓兒子衣食無缺，她很想知道兒子為什麼不快樂。有天晚上下大雨，她沒出門做生意，兩個兒子一回家看到家裏的燈是亮著，高興得不得了。

晚飯後她把大兒子叫過來，要他說說看，「為什麼不快樂？」兒子告訴她，自己要聯考了，每天功課很忙，心很煩，回到家又看不到媽媽，會擔心媽媽的安全，又要擔心萬一考不好，會對不起媽媽……我要擔心這麼多，所以我不快樂。

聽到兒子不快樂的理由，她告訴兒子放心地念書，什麼都不用擔心。就這樣，從第二天開始，她不再到夜市做生意，每天晚上都在家陪兒子。

或許是兒子看到她的用心，兩個兒子求學之路一路順遂，退伍後參加高考都上榜。如今一個是市府某單位的高級主管，另一個服務金融界，兄弟倆都有傑出表現。

他告訴我，沒想到他的一句話，會改變媽媽，他們都很感謝媽媽的栽培，所以兄弟買房子時，特別選在同樓層相鄰，而且打通。讓年居九十的媽媽，可以隨心所欲地走來走去，都在兒子家，大家共享天倫樂。

109.10.14《人間福報》

相遇在車上

記得十多年前的清明節，我回南部掃墓。回臺北時因連假，火車票一票難求，我只好搭高速巴士。

上了車我在椅子的底下，發現一本旅客遺失的《講義雜誌》。我撿起後隨便翻翻，就放在前面椅背的網袋上。因為塞車，車子走走停停，我無聊又把它拿出來。

這回我從第一頁開始往下看，感覺它不僅印刷精美、紙感好、內容豐富，還老少咸宜。不管旅遊、美食、健康、勵志小品、科技、名家專欄，都精彩平實，讓人易看易懂。最最重要的是，它不像一般雜誌那麼大本，不容易攜帶。

那天我在高速公路塞車的八小時，就是《講義》陪我度過的。由於是第一次看到這樣精美的書，一路上我被它五花八門的內容深深地吸引住。

那感覺有點相見恨晚。從那以後，我只要經過書店，就會買一本回家放在客廳，讓家人隨時取閱。後來因搬家，離書店遠，我就改訂閱的。

記得剛開始閱讀它時，我會把精采部分，不管是圖或文，都剪下來貼在剪貼簿上，方便往後的閱讀。結果發現它被剪過後，就支離破碎的，很可惜。於是我改成影印的方式保存，並把看過的放到社區活動中心，讓別人繼續閱讀，我希望好書大家來分享。

經過一段時間的閱讀後，我發覺收穫良多。於是想到透過認養來分享給受刑人。希望他們能藉著閱讀學習成長，讓生命充滿正能量。

有幾位親友常送我蔬果，我無以回報，就送《講義》作為回饋，結果大獲好評，如今他們也成了忠實讀者。

由於我們一家常分享讀後心得，每個孩子也肯定《講義》，十多年來讓他們在潛移默化中成長，於是省下飲料錢，認養《講義》捐給偏鄉兒童。希望它來豐富這些孩子們的生活，富足他們的精神食糧。

在過去，我不知道《講義》讀者這麼多，直到有一回我去郵局劃撥時，辦事員看了帳單就問我：「妳有在看《講義》啊！」我答：「有啊！看很久了。」她繼續說：「我們家已經看了很多年了，從我媽年輕看到現在，如今她都老了，還在看。」聽她這麼說，我們忍不住笑了，真沒想到會在這樣的情況下遇到知音。

幾年前，有一天陪外子去醫院回診。我知道病人多，會等很久，所以跟往常出門一樣，隨手把《講義》塞入包包。在候診室等護士叫號時，我就把它拿出來翻翻。沒想到看著看著，一位約二十多歲、穿著牛仔褲的女孩走了過來說：「阿姨！這一期的某篇文章好感人呢！您看到了沒？」我點頭表示：「正在看哪！」

從這些點滴中，就可知道一本用心製作、內容精彩的書，是會被看到，也會被肯定的，畢竟好書大家都愛讀。

真沒想到會在車上和《講義》相遇，而結上這段書緣。感謝它這些年帶來的歡笑和感動，我很珍惜。

109.8《講義雜誌》，本文入選「和講義相遇」徵文

那一年，我巧遇玉堂春

在記憶中，「玉堂春」是六、七零年代黃梅調盛行時期的一部電影。它是敘述明朝一個名妓——蘇三的故事。

她花名就是「玉堂春」。她曾與當時的尚書之子、正要趕考的王公子相戀並私訂終身。王公子在院裏把盤纏用盡後，被勢力的鴇母趕出院外，逼得王公子只好棲身於破廟。有位賣花郎不忍心看到落魄的王公子以廟為家，就偷偷地把這件事告訴蘇三。蘇三知道後送上盤纏相助，並希望王公子能返鄉專心攻讀。

為了對王公子守節，王公子離去後她不再接客，氣得鴇母暗中把她賣給山西洪洞縣富商沈燕林為妾，然後騙她啓行。到了沈家，她寧死不從，卻無意中發現沈妻對丈夫的不忠。沈妻知道後對她恨之入骨，為了拔去這個眼中釘，於是和對方一起設計要謀害她，不料在陰錯陽差之下卻把沈燕林毒死。

此時沈妻將計就計，藉此誣告蘇三謀財害命，並賄賂縣官將蘇三判死罪。蘇三是在種種嚴厲的逼刑下，不得已才畫押認罪的。就在即將執行死刑的前段日子，已經考上進士的王公子，正好被派到山西洪洞縣當巡按。當他知道對他有恩的蘇三，不僅為他守身還被冤枉被判死刑，他痛心疾首，希望找出罪魁禍首，好為蘇三平反冤屈。

為了不打草驚蛇，他明查暗訪，透過不同人的協助，終於可以把蘇三和一些相關的人，從洪洞縣押至太原重審，希望案情有水落石出的一天。這一段就是劇情上有名的「蘇三起解」的故事。

蘇三到了太原，接受巡按、藩司、政司三堂複審，經過抽絲剝繭，多方求證，終於還了蘇三的清白。或許是這個風塵出俠女的真實故事深深地感動了我，所以我對玉堂春這個名字印象非常好。

一直以來本以為玉堂春就是人名，從沒想過它會是一種花的學名。記得多年前，一個春暖花開的午後，平時喜歡蒔花種草的我去逛花市時，有緣與它相見。依稀記得，那天當我站在一個花攤的前面，被幾盆開著白花、散花發著濃郁香氣的盆景吸引住了。

它的葉子不大，卻綠得出油，閃亮亮的。花形雖似鬱金香，但花瓣比鬱金香多重，最最重要的是，它潔白如玉，而那香氣對我來說既熟悉又陌生。因為每次媽媽生弟弟、妹妹時，就是用這種味道的香皂幫嬰兒洗澡的，所以我有很深的印象。

由於乍見這樣特殊的花，我忍不住地問花農：「這是什麼花呀？怎麼這麼香？」繫著紅花圍裙的她笑著回答：「玉堂春。」聽到玉堂春，我愣了一下，我不知道它是不是因潔白如玉，和玉堂春守身如玉有關。但一向喜歡紅花綠葉才相得益彰的我，是從不買白色系的花的。總覺得白花不如有色彩的花艷麗，帶給我更多的視覺享受。

萬萬沒想到，這一回我被它的花名感動，一次買了三盆回家。自從家裏的陽台多了玉堂春之後熱鬧多了。每年農曆年一過，一顆顆如橄欖翡翠般的花蕾就掛滿枝頭，當春天一到，它們就陸續地綻放，讓家裏處處花香。不僅帶來好心情，也讓生活變得多采多姿。如今科技進步，花農們經過不斷地研發改良，「玉堂春」已經可以四季開花了。

每當花開時節，為了分享鄰居，我會端一盆放在樓梯口，讓整個樓梯的住户，都可沐浴在花香裏。今年的花又綻放了，它和往年一樣，開了又謝，謝了又開，讓我好開心。畢竟，每天有花相伴是美好的，我很喜歡。

109.5《警友月刊》

依年齡大小來包

傳統習俗裏，過年包紅包給孩子是「壓歲」，相傳透過這個儀式，孩子就可以大吉大利、平安長大。

我認為紅包的數目不管多少，都是一個孩子來到世界，所接觸的第一筆錢，因此要善加利用。由於每個孩子年齡和需求不同，所以學齡前的孩子，對金錢沒概念，我都包個兩百元意思一下。

對國小的小朋友，我會包個一千二，其中一千元要存在户頭，留做教育基金；另外兩百元，他們可以自由使用。國中生我會包個三千六，三千元存著，六百元可以買些自己喜歡的東西。至於高中生因年齡大些，我會包個六千六，讓他們除了可存一些，還有一點零用。大學以上是成年了，該給的紅包也會依情況斟酌，讓孩子開心。

總之，紅包是父母給子女的祝福和疼愛，是最珍貴的。

110.3.6《國語日報》，本文入選「過年怎麼包紅包」徵文

雨後的黃昏

下過雨的午後，感覺空氣特別清新，心情超愉快的，於是想到屋後的象山公園繞幾圈。

走在公園的小道上，不時地會發現趁著雨後泥土潤濕出來覓食的蝸牛。為了怕牠們喪生在慢跑人不小心的腳步下，我隨手把牠們撿回樹叢裏。

小時候家裏經濟條件差，身為老大的我，多少要幫父母分擔。雖然因年紀小，肩不能挑，手不能提，沒有能力當童工，但是我會用另一種方式來協助。每當午後雷陣雨一歇，水溝邊或長滿草的路邊，會出現很多出來覓食的蝸牛，大小都有，各爬各的方向。

我拿來竹簍，把撿來的蝸牛往簍裏放，裝滿兩簍後母親會把牠挑回家，用水清洗過後，就放入大灶上的大鍋煮。煮好冷卻後，我就用竹籤把蝸牛肉挖出來。媽媽把牠切成小塊後，混在煮過的地瓜葉裏，用來餵豬或餵雞鴨。因牠圓潤好吃、蛋白質又豐富，所以這些家畜家禽，常吃到脖子歪歪鼓鼓的，也因為經常吃到這些營養豐富的食物，不僅會加速成長，而且皮膚羽毛特別亮麗，有個好賣相，容易賣上好價錢，可以貼補家用。

有時候父親會選幾個特大的，敲破殼後取出肉塊。因牠黏液很多，必須用澀性強的香蕉葉或灶裏的柴灰搓洗，才能把黏液清洗乾淨。搓過蝸牛的柴灰，就像大塊的灰色口香糖，黏黏軟軟的很有彈性。在沒有玩具的年代，我們玩扮家家酒時，就把牠捏壓成一塊塊像青草粿的米粄。因太神似了，常讓我們猛吞口水，有趣極了。

父親把處理好的蝸牛肉切成薄片，和爆香的薑絲一起炒，起鍋前灑些醬油，又香又脆、帶點微鹹的美食就上桌了，非常下飯的。婚後一直很少有機會吃上這道菜，有一年去臺東玩，在地的朋友請我到山產店用餐。

那是原住民開的店，食材很新鮮，他為了給我一個驚喜，特別點了一盤炒蝸牛。由於對方用了九層塔、大蒜和辣椒來做配料，讓我覺得這樣味道太雜了，顯不出蝸牛的特殊香氣，反而和印象中的感覺相去甚遠。

不知是我懷念著父親，忘不了父親獨樹一幟的味道，還是父親炒的多了一份濃稠的愛，就是和別人的不一樣。所以多年來我只要想到父親下廚忙碌的身影，心中立刻香氣四溢。

110.5.4《中華日報》

從一條繩子談起

朋友常問我，「搭公車、捷運都不用錢，天氣這麼熱，怎麼還喜歡騎機車？」我除了回答很方便外，偶爾也會說，騎機車可以看到很多坐車族看不到的動人畫面。

那天騎著騎著，就看到前面不遠處，有個太太機車後座，疊了三床透明塑膠袋裝的薄被。大概她沒綁緊，所以隨著車子不停地晃動，被子開始移位，最上面那一床幾乎要滑下來了。或許她沒注意，繼續地往前騎，讓騎在後面，跟她還有段距離的我很擔心。

正當薄被搖搖欲墜時，前面紅燈亮了，許多人慢慢停了下來，一時她身邊停了好幾輛機車。此時我看到停她右邊的小姐，從包包裏拿出一條童軍繩送她，並告訴她被子快掉下來了。

或許事出突然，送繩小姐的動作，讓她錯愕得不知所措。就在對方的協助下，連忙把被子綁緊，繼續上路。

以前常被另一半問，「出門為什麼要帶那麼多東西？」我告訴他，包包裏的東西不值錢，但是有時候就可派上用場。例如：我曾把雨傘送給因忽然下雨，無法趕路的視障朋友；也曾在大熱天把一瓶礦泉水，送給熱得滿臉通紅的清潔員；還不曾一次的，在醫院或公車上，送出多餘的口罩。

相信許多人都有這樣的習慣，在包包裏放一些看似不重要東西，讓自己有安全感。有時還會意外地在緊要關頭，幫別人一點小忙呢！就像那位小姐一樣。

111.10.3《聯合報》

這是應該的

剛過完年到公園散步，老遠就看到鄰居鄭太太不停地向我揮手。等一走近時，她急忙告訴我，她聽家裏的移工說，我家的移工經常在倒垃圾時，誇讚我們一家人對她很好，即使過年給紅包，她都比我女兒拿得多。

她覺得不可能，哪有女兒比「外人」拿得少？一定是她家的移工亂編的。她問我有這種事嗎？我點點頭。她再問「這又為什麼？」我們都有給移工薪水啦！至於紅包就意思意思。一開始我覺得這是家務事，各人有各人的作法，沒什麼好說的。

後來我會回答，實在因為聽不慣她一直左一句右一句的把移工稱外人，而且還表示不能讓移工同桌吃飯，這樣會寵壞她們等等。我知道和她有相同想法的雇主不少，但是我告訴她：我做任何事都以同理心出發，而我做這些都是一個雇主的基本責任，是應該的。

我還告訴她，移工全天候在我們家，要照顧老人還幫忙做家事，很辛苦，拿的薪水又這麼低，正好過年就多一些打賞，聊表謝意，沒什麼不好。我要讓她知道，我是多麼感謝她幫了我很多忙。至於女兒是自己的，隨意就好。

另外，她不讓移工同桌吃飯，這點我覺得不應該，這動作會讓她們覺得自己不被尊重。我們家平時都大家同桌共餐，有時我因工作的關係，不喜歡工作到一半就停下來吃飯，所以我請她先跟外子一起吃，免得飯菜涼了。一開始她不好意思，一定要等我一起吃，我鼓勵她先吃。她也很自律都用公筷母匙，來表示誠意。

我一直覺得家裏多了一個移工幫忙，雇主可以少掉很多工作，最最重要的是，病人在她們的照顧下，生活規律，病情好轉，讓雇主無後顧之憂，這是多麼大的好事。所以我們當主人的，應該感謝她們才對，把她們當家人看待，這樣她們做起事來會很開心，我們也可以更安心把病人交給她們。這樣彼此在良好的互動下，就是雙贏的，不是嗎？

110.2.18《人間福報》

最佳機會教育

自從樓下鄰居林家搬來後，幾年來就常聽到他家兒子小武愛飆車的消息。也聽到林家夫妻，為了讓兒子離開一起愛飆車的夥伴，真是費盡心思，特別把家從臺中搬來臺北，只希望為兒子換個環境，讓他能靜下心來，好好地把心用在課業上，不要再去玩那危險的飆車。

儘管當父母的為了兒子的人身安全和學業，想盡了辦法，不管是鼓勵或強制轉學，但對兒子來說是多餘的，他仍是我行我素。才念國中，就瞞著父母偷偷地用壓歲錢買了一部機車，寄放在別的同學家，然後找機會和夥伴一起去飆車。

由於還沒有駕照，有次飆車時，為了躲開警察臨檢，超速撞到路邊柵欄，才被警察發現，他原來是無照駕駛。夫妻倆是接到警察通知，才知道兒子已經買了機車，而且還會去飆車。

為了要把失序的兒子拉回正軌，他們夫妻不顧一切，幫兒子找學校轉學，舉家陪著兒子搬來臺北住。兒子上下學時，夫妻輪流接送，讓兒子不離開他們的「視力範圍」。兒子升上高中之後，還是會透過網路，和以前的飆車夥伴聯繫，但畢竟相隔遙遠，加上父母的緊迫盯人，於是少了很多機會。

在課業較緊及父母緊盯下，林家夫婦以為，兒子會因此斷了飆車的念頭。另外，還利用各種方式，來說服兒子先把機車賣了，等以後上了大學，有了駕照後，再買一輛新的。

他們的建言，兒子不僅聽不進去，還表示只要滿十八歲，他就馬上去考駕照。他很喜歡車子在路上，風馳電掣的快速感，也認為那種無與倫比的刺激，最能代表青春的活力。為此，他堅持地表示，不可能賣掉自己的愛車，也就是明確地告訴父母，他是喜歡飆車的。

儘管兒子一再地表示，自己就是愛飆車，他們夫妻仍是不放棄對兒子的勸導，只希望兒子能不要為了享受一時的快感，而去做害人害己的危險行為。為此林太太辭掉穩定的工作，特別到醫院去當志工。

有時候她會編個理由，讓兒子一起去「幫忙」。每次只要兒子同行時，她都帶著兒子到外科區去幫忙。推推坐在輪椅上，因車禍跌斷腿的患者，或看看那些因飆車而受傷，一臉茫然、鼻青臉腫、拿著拐杖、不良於行的年輕人。

每一回她都會有意無意地和傷者聊聊天，透過閒聊讓兒子聽到，這些傷者的「受傷後悔告白」，親耳聽到受傷後，帶給自己和家人的傷心難過，以及擔心萬一腳傷無法復原，會被鋸掉的恐懼。

兒子到醫院幫忙過兩次後，或許因目睹飆車傷者的痛苦，也聽了他們許許多多後悔的話，而有所頓悟了。有一天他忽然告訴林太太，自己不想飆車了，要把他的機車賣掉，並把賣車所得，捐給殘障基金會。

兒子的話讓他們夫妻掉下眼淚，認為兒子終於長大了，往後不再讓他們提心吊膽了。

自古以來大家都知道父母難為，尤其是科技進步的今天，子女有很多的行為，都瞞著父母，是透過網路在進行。很多的時候，是意外發生了，父母才知道子女闖了大禍，林家小武就是個例子。

幸好林家夫婦耐心處理，除了軟硬兼施，給予正確的輔導外，還不斷地製造機會教育，讓兒子及時回頭，願意繼續學業，這下他們終於可以安下心來了。

106.5《警友之聲》

給我一天的假

在記憶中，自從當了母親之後，我好像沒有好好地放過一天的假。就是那種不用打理家人吃穿，我可以自由自在、毫無牽絆、很真實地過自己的一天。

孩子們漸漸長大後，每年母親節，都希望帶我去哪兒玩，或是上哪兒去吃個飯，每一回我都很簡單地回答：能給我一天假最好。

因為平時每天忙家務，不管是打掃或料理三餐，天天同樣的工作，一做就幾十年，既呆板又了無新意，磨掉了鬥志，也帶走了歡愉的心。那種始終被家綁住的感覺，沉重中帶著無奈。

因此我多麼希望有這麼一天，家裏有人照顧，我可以沒有後顧之憂，走出家門去做我自己喜歡的事。讓我享受無事一身輕的自由自在，我相信那個時刻我會過得快樂又逍遙。畢竟對我來說，那是難得的歡樂時光。

109.5.9《國語日報》，本文入選「母親節最想要的禮物」徵文

襪管

昨天早上六點多，我的左腳膝蓋被一個送報帥哥機車後架上裝報紙的箱子撞了一個大包，又痛又瘀血。

為了要冷敷，我把冰塊裝入塑膠袋貼在膝蓋上，再用布條綁著。沒想到這種綁法不牢靠，沒走幾步路冰塊就滑了下來。

當我正在想該用什麼綁，才能穩住冰塊時，忽然看到洗衣籃裏預洗的襪子。

於是我找來舊襪子剪去腳板部分，把上方的襪管套在膝蓋上。為了要緊實些，我一連套了兩隻，結果效果特佳。

女兒回來看到我的「傑作」，好奇地問，「怎麼會有這點子？」我告訴她自己在念初中時，就有這個經驗了。那時每天訓導主任都在校門口檢查沒穿襪子的。我一雙襪子要穿三年，洗久了腳底就搓破了，不得已只好剪斷它，把剩下的襪管套在腳踝上方再穿上鞋子，這樣看起來就像有穿襪子一樣，可以瞞過檢查。儘管這方法管用，但也有穿幫的時候。

記得有個下雨天，我的兩隻鞋子滿是泥濘，就在校門口水溝旁，脫下鞋「襪」清洗，正好被路過的訓導主任看到，我穿襪子的模樣。

他一臉驚訝地看看我的腳，再看看尷尬的我，然後跨上腳踏車離去。本以為他日後會刻意為難我，沒想到每一回在校園相遇，他都視而不見，就當什麼事都沒發生，這讓我好感動。

畢業後我會在教師節的賀卡上，寫下我對他的感激與包容。是他幫我隱瞞了襪管的秘密，才讓買不起襪子的我可以安心上學。

109.9.8《中華日報》

懷鄉思校話當年

某天午後，忽然接到「中壇國小」現任黃校長的電話，希望我能為母校建校八十周年校刊寫篇文章。這樣的邀請，對我來說是有些沉重的。畢竟我只是一個平凡的校友，不曾有過一官半職為母校增光，而且離開母校已超過一甲子。

如今母校在歷屆校長用心經營下，軟硬體設備完善、各項資源豐富，這和我當年因教室不夠，需要二部制上學的情況大不相同。而我這個當年連注音符號都不懂的憨妹，也將邁向遲暮。

在盛情難卻之下，我努力地打開記憶的扉頁，希望能從塵封的歲月中，找出值得書寫的點滴。

我和身邊同學一樣，出生在光復初年，在那百廢待舉的年代，彼此的父母為了生計，整天在田裏忙碌。加上大部分的家長，所受的教育有限，在心有餘力不足之下，真的是很難教導子女讀書認字。

記得剛上小學那天，看到操場寬敞無比，我們這群天真無邪、打赤腳的孩子，忍不住地在操場追跑著。是老師把我們引進教室，安撫我們坐定後，開始教我們校規，教我們練習寫字，從一筆一畫開始。

在老師長時間不悔不倦地教導下，我們終於會寫名字，也認識了同學。有了同學相伴，有了良好的讀書環境，我們的學習漸入佳境。除了學會一點知識，也學會孝順父母、尊敬師長。

在義務教育只限小學的年代，升上高年級後，為了準備初中聯考，從五年級開始都有課後輔導。要繼續升學的同學，放學後必須留下來複習功課，我因繳不起二十元的講義費，就沒有參加。

儘管如此，同樣擔任畢業班的林宜昭和高新輝老師，卻鼓勵我要繼續努力，一定可以考上初中。他們不僅鼓勵我，還把多餘的講義送我，要我在家照顧弟妹之餘練習做；每次的模擬考，也會給我考卷練習。

當年聯考的國語卷，是要用毛筆書寫的，我家沒有毛筆，無法應試。

聯考的前一天下午，高老師帶我到辦公室找其他老師借。結果在座的五位老師，紛紛拿出筆來讓我挑選，最後我選的是張正雄老師的小楷筆。他很大氣，除了祝我金榜題名外，還叮嚀我考完後，就留著用不必送還，這讓我感動莫名。

我就在這麼多老師的幫忙協助下，僥倖地考上初中。有天當我知道，三十分的作文，我得了二十八分時，我高興地哭了。我感謝那枝如免洗筷的毛筆，是它把我推向美濃中學的。

中壇國小就是這樣，校風純樸，校景優美。每個老師就像大家長，把學生當子女疼。有人繳不出學費，老師會暗中幫忙，不讓學生為難。有同學家境困難，或因為身為女孩，家長不讓繼續升學時，老師或校長為了惜才，都會幫學生說情，求父母給孩子們機會。

雖然有些家長會口出惡言，但是師長們卻忍辱負重，從家裏追到田裏，只希望家長們能點頭。許多同學就在老師們用心良苦之下繼續升學，不僅改變了人生，還因為學有專精，為社會貢獻了無數的力量。

都說小學教育是一個人一生中，除了家庭教育之外，最重要的基礎教育。不管是品德或學習，都不能忽視。感謝站在教育第一線的師長們，是您們默默地付出，傳承著百年樹人神聖任務，才成就了學生們的學習成長。

欣逢母校八十歲生日，除了感謝它的栽培，也獻上最深的祝福，祝福它生日快樂。

111.3.26《中壇國小八十年校慶特刊》

傳統市場故事多

我常想，身為一個家庭主婦，要找一份有收入的工作來貼補家用，又要可以照顧小孩，而且時間上不會重疊，那是很不容易的。

記得我當初會選擇在菜市場做生意，是因為這份工作合乎我的需求，在孩子上學前、放學後都有我的陪伴。而且我的生意，只需要我一個人就可搞定，不需要他人幫忙。

在菜市場擺攤，需要的時間不長，而且成本不高，每天有現金收入。自從我投入這份工作後，我才發現擺攤做生意，工作性質和所賣的物品，是有所不同的。賣蔬果魚肉的，因量大需要有人手，他們大部分都在固定的市場做買賣。每天清晨三點多，就得出門到批發市場批貨。為了省時間，他們會在來回的路上，啃個麵包或饅頭解決早餐。

當他們把需要的貨物補足集中後，又要一件件地搬上車，載回擺攤的市場。回到市場後，又要花好大力氣把貨搬下車，然後分門別類地整理好，才能陸續上攤。

當攤子擺好，客人陸續上門時，賣魚的要不怕腥羶、不怕魚刺、不怕水冷冽，還要刮魚鱗、去魚鰓、清洗裏外之後，才能切塊包裝交給客人。賣肉的更要不怕油膩，要分肥瘦、要分大小、要剁骨頭、要切肉，還要論斤秤兩收錢找錢，真是忙不勝忙。

比起賣魚肉的，賣蔬果的攤商，是少了魚腥油膩，但是他們也不得閒。蔬菜是大把大綑地進來，在採收過程中難免有夾帶爛葉、廢莖和沾上泥土，這些都需要清除洗淨，摘去不好的，留下漂亮的。而為了配合現代小家庭人口的需求，大把的要分成小把的，大包的要分裝成小包的。

至於賣水果的，要能賺錢進荷包，拿貨的眉角非常重要。賣高檔的成本高，雖然賣相好，卻不一定賣得起，要看當地市場消費族群的能力和習慣。有些人東西貴沒關係，就是要好看又好吃。有些人想法不同，他們認為進口水梨和國產水梨一樣都好吃，價錢卻差很大，於是選擇國產的。所以進貨時要拿捏得宜。一般果商會以搭配的方式，既賣進口的也賣國產的，這樣可分擔風險，也讓消費者多一些選擇，是雙贏的好方法。

除了賣魚、肉、蔬果的很忙碌，收攤後還要洗刷攤位，和一些用具外，一些賣傳統糕粿的也是有忙不完的大小事。平常的日子還好，但是到了逢年過節就不一樣了。在臺灣信佛教的多，許多家庭都要拜拜，先祖們留下來的儀式和習慣，一定得傳承。端午節、中元節、農曆新年，需要祭拜的物象就有不同。

每到了關鍵時刻，商家會準備很多食材，依節令的不同而有所變化。像現在過年了，要蒸年糕、蘿蔔糕、發糕，不僅種類多，還要分甜味、鹹味、素的、葷的，更要分本省、外省、客家或原民口味的。為了滿足不同住民的需求，商家們夜以繼日地趕工，要蒸、要煮，還要把成品包裝好，方便買者選擇。各家廚房裏不時地飄出屬於各自食材的香氣，傳遞著節慶的豐衣足食。

提到年節，又不得不提賣滷味的。不管豬、雞、鴨或牛肉，要清洗醃製，還要燒烤滷，每一樣都費工費時，消耗體力和耐力。沒有足夠的抗壓能力，很難勝任這份工作，也就是說，這賺的是辛苦錢。在市場做生意就是這樣，每項工作有他一定的難度和艱辛，需要耐心和毅力來克服。但是他們不管男女，都無怨無悔地認真打拼。

雖然賣吃的東西，有承擔食品新鮮度的壓力，但是它是必需品，每個人每天都要吃東西，所以基本上它的獲利是較穩定的。至於賣無所不包的百貨類，如衣物、鞋子、毛巾或包包等，那收入就另當別論了。由於它是消耗品，可有可無，購買的人不容易重複，所以擺攤的人，不會每天固定在同一個市場，而是流動性的，四處找商機。

由於每個市場的生態不一樣，所以同樣的東西在A市場受歡迎，在B市場就未必了，這些都得靠經驗的累積及賣者的敏感度，才能有好生意。擺攤除了選對地方，也要選對產品，太大眾化的東西，在同一個市場，若因有重疊的攤位，不僅生意不好，利潤也會變少，所以選對物品很重要。

小時候常聽父母說，做生意賺的是良心錢，所以要講求信用。多年來我一直都把「商道酬信」這句話謹記在心。雖然賣的是自己手作的，但是我注意細節，一針一線不馬虎，永遠保持作品的水準而且是唯一。也因為這樣，讓我得到客人的信任，多年來一直有穩定的收入。

在菜市場穿梭久了，除了體會各行各業的甘苦之外，我也看到很多有趣的風景。有一回擺我旁邊的是一位退休教授，他說自己教外文，為了增廣見聞，每年寒暑假就去住一個國家，學他們的語言，見識他們的風土民情。遊過許多國家後，他專精九國語言，還買了一堆紀念品。為了分享每個物件的故事，他拿來市場賣，希望有緣人保存它，把故事傳承下去。

會選擇在市場賣這些東西，他認為菜市場三教九流的人都有，這樣容易遇上知音，這樣聊起來會更投機有趣。另外市場租金，要比店面少很多，這是經濟考量，最最重要的是，市場是活動的，可以隨時更換，這比租固定的店面方便多了。

每到了假日，賣襪子的郭姊的兒子就會來陪她。兒子曾是某電視台益智節目的擂台主，被客人認出後，大家圍著他問東問西。原來他父親在圖書館工作，他從小在圖書館長大，才念小學就把《三國演義》、《紅樓夢》、《天龍八部》等許多名著都看完了。在比賽時有次他的答案是司馬懿。當主持人問他答案確定嗎，他一口氣把司馬家的家世，鉅細靡遺地說出來，讓在場的來賓聽得目瞪口呆。

幾年前有位溫文儒雅的先生來賣毛筆。有客人上前，他就大筆一揮，展現各種書體的字體，還把不同名書法家的大作，模仿得維妙維肖。讓在場的人嘖嘖稱奇，紛紛拜他為師，要參加他的書法班。

有人說：「菜市場是臥虎藏龍的地方。」從這些不同的故事中，就可得到印證。菜市場也是一個社會的小縮影，每天都上演著人間百態的戲碼，齣齣精彩感人。只要用心觀察，都有新發現，既可以滿足好奇心，也可以長知識。

在市場做生意，除了有很多意外的收穫外，也讓我看到許多單親父母養家的不易，然而他（她）們不向環境低頭的毅力和韌性，不僅成了子女的典範和正能量，也帶給我很多啓示。

總覺得做任何工作都無妨，只要所從事的工作，能為自己帶來快樂，才是最重要的，不是嗎？

110.2《警友雜誌》

康寧晚晴

昨天和讀書會的姊妹們聽完演講後已近中午，於是大家把握這難得的機會，一起用餐聊天，讓一星期來的忙碌生活輕鬆一下。

聊天時陳姊說，前兩天媳婦就來電告訴她，這幾天想要把兩個孩子帶來請她照顧，因為媳婦和兒子要去南部參加同學會，當時她就拒絕了，並告訴媳婦她有約在先，無法幫忙。

坐在一旁的張姊聽了連忙表示，「這樣拒絕媳婦，媳婦不生氣嗎？」陳姊說退休十幾年來，先是照顧失智的婆婆七年，婆婆走了，她老公又中風，她接著照顧。老公身材高大，她嬌小玲瓏，每天為了幫老公洗澡換衣服，她都必須使盡力氣。更糟的是因二十四小時全天候照顧，讓她長期睡眠不足，不僅經常牙疼，而且還全身痠痛，累到全身癱軟，直到老公回天堂。

回想這十幾年來，因為請不起移工幫忙，只好自己照顧婆婆和先生。每天一直在低氣壓裏過日子，還要周旋在病人身邊，照顧飲食起居。因長期的憂心焦慮，感覺自己從來都沒有好好地笑過。所以老伴走後，她告訴自己要好好過日子，讓自己放輕鬆，不要太管事了。至於兒女有所求時，她都狠心拒絕，這是不得已的。畢竟自己體力有限，愛莫能助。至於媳婦怎麼想就無關緊要了。

張姊覺得陳姊說得也有道理，因為陳姐就要八十歲了，體力、心力都大不如前，真的需要好好地調適生活，讓晚年可以在無負擔、無壓力之下平安度過。

朱姊七十多歲了，九十歲的老公因行動不便，住在外地的兒子建議她請個移工來幫忙，免得自己累壞身子。或許是朱姊凡事要求高，第一位來的移工，朱姊嫌她太瘦了，怕沒力氣，即使兒子表示她們受過專業訓練，照顧老人有經驗就好，跟身材沒關係，但是朱姊就是堅持。

仲介又帶來一個略畔的，朱姊又說胖的比較懶，她不喜歡。就在她要求完美，精挑細選下，大半年已經過去了，她還是找不到合她意的，只好自己照顧。因她有年紀了，要每天全天候地照顧老公的起居，是有夠辛苦的。尤其是事必躬親，不信任別人的態度，讓她更辛苦。

或許是因長期勞累，加上睡眠不足，有時難免力不從心、精神恍惚。有天半夜老公要如廁時，朱姊因忽然起床要扶他，一下子沒站穩，一個踉蹌，自己就先摔了一跤，結果左手骨折，變成自己都需要他人照顧了。

一時之間，家裏有兩個需要被照顧的，讓原本就已經很麻煩的日常，變得更複雜無助，偏偏因疫情關係，臨時找不到僱用的人手。她兒子為了她這種「自不量力」的固執，氣得不跟她講話，母子形同陌路，一家生活也因為禍不單行而亂了方寸。

聽到大家的狀況，除了覺得家家有本難念的經，需要用心處理外，也讓我覺得老人社會帶來的問題很多也很麻煩，為此我們有義務和責任要讓自己健康。先保護好自己，才能照顧別人。而老化是每個生命必經的過程，要如何面對，是每個人必須學習的課題。

希望邁入老年的朋友，切記自己因有了年紀，記性會差、動作會慢、反應也會遲緩些，所以不管搭車或走路，都不需要急，一切以安全為重。上下樓梯也要記住抓好扶手，免得踩空摔跤。

相信只要有做好萬全的準備，必能把意外降至最低。畢竟小心不蝕本，讓身體健康是老年最重要投資。有了健康的好身體，就能讓晚年生活順心自在。

109.8《警友雜誌》

我在高鐵站

作　　者／劉洪貞
封面繪圖／鍾麗萍
出 版 者／揚智文化事業股份有限公司
發 行 人／葉忠賢
總 編 輯／閻富萍
地　　址／新北市深坑區北深路三段 258 號 8 樓
電　　話／(02)26647780
傳　　真／(02)26647633
E - mail ／service@ycrc.com.tw
網　　址／www.ycrc.com.tw
ISBN ／978-986-298-427-7
初版一刷／2024 年 1 月
定　　價／新台幣 250 元

國家圖書館出版品預行編目（CIP）資料

我在高鐵站 / 劉洪貞著. -- 初版. -- 新北市：揚智文化事業股份有限公司, 2024.01
面； 公分

ISBN 978-986-298-427-7（平裝）

863.55 112021080